琴剑诗系·全国公安实力派诗人丛书

陈计会
诗选

全国公安文联 / 选编

群众出版社
·北京·

图书在版编目（CIP）数据

陈计会诗选／全国公安文联编．—北京：群众出版社，2015.6
（琴剑诗系·全国公安实力派诗人丛书）
ISBN 978-7-5014-5379-5
Ⅰ.①陈… Ⅱ.①全… Ⅲ.①诗集—中国—当代 Ⅳ.①I227
中国版本图书馆 CIP 数据核字（2015）第134237号

陈计会诗选

全国公安文联 选编

出版发行：	群众出版社
地　　址：	北京市丰台区方庄芳星园三区15号楼
邮政编码：	100078
经　　销：	新华书店
印　　刷：	北京通天印刷有限责任公司
版　　次：	2015年7月第1版
印　　次：	2015年7月第1次
印　　张：	5.75
开　　本：	880毫米×1230毫米　1/32
字　　数：	137千字
书　　号：	ISBN 978-7-5014-5379-5
定　　价：	29.00元
网　　址：	www.qzcbs.com
电子邮箱：	qzcbs@sohu.com

营销中心电话：010-83903254
读者服务部电话（门市）：010-83903257
警官读者俱乐部电话（网购、邮购）：010-83903253
文艺分社电话：010-83903973

本社图书出现印装质量问题，由本社负责退换
版权所有　侵权必究

目 录

总序 让诗歌成为我们的另一颗心脏　张　策

序　陈计会

第一辑　在我们中间

在我们中间／003

学习／004

秋天／005

伐木者／006

荒芜／007

表达（一）／008

承担／009

故宫／010

墓志铭／011

每一片叶子都闪着光芒／012

飞扬／013

在更低处／014

天津 / 015

微信 / 017

面向苍茫 / 018

说出 / 019

他的光荣在于堆积梦想 / 020

散步 / 021

你未来之前 / 022

第二辑　从尽头返回

乌龟 / 025

灯下 / 026

回龙寺 / 027

漓江书签 / 028

高流墟 / 029

中秋月 / 030

贝壳 / 031

菊花石 / 032

目　录

迷宫／033

辛亥革命／034

果核／035

审讯（一）／036

审讯（二）／037

此时此地／039

譬如／040

端午／041

奔牛／042

花朵／043

报平村（三首）／044

　　水稻／044

　　桥上／045

　　见证／046

童年纪事（组诗）／047

　　麻雀／047

　　游街／048

标语／048

碾米厂／049

挖薯秧／050

蜘蛛／050

砖窑／051

供销社／052

青虫船／053

阉猪记／053

篾白猫／054

打蛇记／055

领袖像／056

劁牛记／057

第三辑　风中的神谕

蚂蚁／061

刀子／062

表达（二）／063

目 录

远眺 ／ 064

启迪 ／ 065

奔跑 ／ 066

怀想 ／ 067

期盼 ／ 068

黄昏 ／ 069

正午 ／ 070

噢，蚂蚁 ／ 071

走进马含山（组诗） ／ 072

 岩边的树 ／ 072

 倾听风声 ／ 072

 途中的石头 ／ 073

 遭遇流水 ／ 074

 山谷 ／ 075

孤独 ／ 076

晚风中 ／ 077

拥抱 ／ 078

今夜 / 079

我奇异，我是一棵树 / 080

在海边 / 081

子夜时分 / 082

第四辑　最初的独白

祈祷 / 085

石头 / 086

青草 / 087

闪电 / 089

最初的独白 / 092

鱼：穿过岩层 / 095

接近午夜 / 098

晚秋的祈祷 / 101

诗歌 / 103

圣者 / 104

沿着刀锋行走（组诗）／107
  吸毒者／107
  罂粟／108
  给手／108
  夜风中／109

第五辑　存在的见证

存在／113
世界之上的海／120
大海诗章（节选）／131
铜鼓，铜鼓／139

附录　评论家研究资料摘录／151

总序

让诗歌成为我们的另一颗心脏

张 策

《琴剑诗系·全国公安实力派诗人丛书（第一辑）》，在大家的共同努力下，终于和读者见面了。这是我们这群身着藏青色警服的中国公安诗人们，第一次以方阵的形式，向世界亮开我们的歌喉。这是一次精彩的集结，这是剑舞与琴音的完美演绎，这是长期耕耘公安文化沃野的歌者们正义与悲悯的共鸣。这样呈现着中国公安诗人自豪与自信的诗篇，对于推进公安文化建设和繁荣发展中国诗歌，都是值得重视、值得称赞的。这套书的编辑出版过程，本身就像是一首诗，有激情，有喜悦，有奔放的歌唱，更有沉甸甸的一种情思。

诗歌就是这样的，没有任何一种文学样式能像诗歌这样发乎情而出于心；与诗歌同行的故事，也就和诗一样，澎湃激越，跌宕起伏，柳暗花明。

也许，当人类诞生的时候，诗歌便是文明的曙光。无论是西方的神话，还是东方的传说，人类都来自于神的创造。如果这是真的，诗歌就应该是神在造人时的第一声吟唱，它随着生命注入人类最初的躯体，启动了人类初醒时的艺术想象。在苦难而又漫长的人类发展史上，诗歌从此为我们留下了最畅快淋漓的节拍和最华美壮丽的篇章。

真的，不能想象人类没有诗歌。如果没有诗歌，部落英雄射出的第一支羽箭就没有了呼啸的气势；如果没有诗歌，掌上作舞的美姬就没有了曼妙的英姿；如果没有诗歌，唐宋的盛世太平就淡了许多颜色；如果没有诗歌，攻克南京的解放大军就少了许多慷慨。诗歌，因为和人的血脉流动合拍了，因为和人的思想驰骋相依了，诗歌，就成了我们心灵里萌生的一株嫩芽，它伸展开来，就是我们心底的参天大树。

真的，不能想象警察没有诗歌。用枪写诗，血与火是我们青春的色彩；用泪写诗，生与死是我们忠诚的宿命。在追捕逃犯的千里征途上，风花雪月都有了别样的寓意；在维护安宁的岗位坚守中，春夏秋冬都有了别样的风景。诗歌，是最能抒发警察心境的语汇，是最能表达警察品格的叙事。诗歌，已成为中国警察灵魂里的一支血脉，它流淌着勃勃生机，孕育着我们的另一颗心脏。

是的，另一颗心脏。肉体的心脏给我们生命，思想的心脏给我们灵魂。不肯醉生梦死，不作行尸走肉，我们有健康的体魄，我们更有强大的信念。我们是诗人，我们是诗。我们，是中国警察，是中国公安诗人。

中国警察从未缺少诗歌的滋养。这支伴随着共和国成长的英雄队伍，在人民公安为人民的征程上，在血与火的行进中，在奉献青春与生命的无悔选择中，在无数动人诗篇的鼓舞下，一路凯歌，一路豪情，创造出了史诗般的业绩。每一次热泪滚烫，每一次慷慨忘我，每一次生死搏杀，每一次果敢胜利，我们心底涌动的都是对党、对国家、对人民和对法律的殷殷诗情。英勇是人民警察的豪放，悲悯是战士对土地和母亲的唯美和婉约。

在我们这个队伍,更有值得骄傲的诗人。请通过这部丛书认识我们的公安诗人和他们隽永的诗心吧!

侯马,被全国诗歌界公认为新世纪诗歌代表人物。这位先后就读于北京师范大学中文系、北京大学法律系的高材生,自二十世纪八十年代末开始对诗歌写作情有独钟,已经出版诗集《哀歌·金别针》《顺便吻一下》《精神病院的花园》《他手记》《大地的脚踝》等,并先后获《十月》新锐人物奖、首届天问诗歌奖、刘丽安诗歌奖、《诗参考》十年成就奖、中国先锋诗歌奖、中国桂冠诗集奖,多次被评为年度最佳诗人。"侯马这样的当代诗人,可能是在荒诞常态中寻找记忆和日常原有的动静,并以不拘一格的自由语体尽可能自然地重现。"(施战军《读侯马》)

在由中国诗歌学会等单位共同主办的首届中国咸宁世界华文诗歌大奖赛中,公安诗人邓诗鸿以其长诗《大江东去帖——咸宁辞典》,从近万首作品中脱颖而出,最终摘取桂冠并独揽五十万元大奖。媒体哗然:五十万的诗歌写了什么?写了一位警察诗人屈子般的爱国情怀。

在艾明波当年写诗的方阵中,大约有邓皓、赵冬和汪国真等人。艾明波初期的诗作和美文清丽巧慧,情思绵长之中贯穿奇警、玲珑、温馨的意象,风靡校园和青年之中。长期的职业生涯中,艾明波逐渐开始用他有血有肉、有情有义的文字,抒发他对于公安战线的热爱与深情,无论是浅吟低唱,还是慷慨高歌,都体现了警察诗人的侠骨柔肠。"亦狂亦侠亦温文"的艾明波,"为读者找寻了一个全面认识当代中国警察的桥梁和平台"。

杨角,以其作品《喊岷江》荣获 2014 年《现代青年》年度最佳诗人桂冠,颁奖词是:"以亲切、朴实、真挚的情感抒发对故乡的爱和眷念,简洁、痛快又不乏诗的意境和想象,这颗滚烫的心喊得岷江都哭了。"

　　许敏和翟营文是分别来自安徽和辽宁的两位地域不同的青年诗人。许敏和邓诗鸿一样，都参加过诗刊组织的青年诗会，这个"手握青草"的南方青年，追寻着经典诗歌的轨迹，叙说着绵绵的乡土情结。翟营文和本丛书遴选的作者苏雨景、王富举都毕业于鲁迅文学院。翟营文的诗歌保持着本色的质朴和厚重，却在平常中见奇。诗歌的深度来自生活，诗歌的高度却是源于对生活的理性思考。警营，是警察诗人创作的"富矿"。

　　苏雨景和谢长虹是近年活跃在诗坛的两位警花诗人。二人皆爱古诗词，但苏雨景多写新诗，谢长虹堪称警界古诗词大家。"苏雨景先在本系统红遍全国，继而以'现代李清照'的姿态亮相诗坛，大家亲切地称她为'苏小妹'，而她的诗句细腻和鲜活里冲荡着侠义和孤绝，一出场就亮了不少人的眼睛。"（《纯净的孤独与超拔的辽阔》）谢长虹的古诗词常以古化新，"字字关乎性情"，写山情水韵，表警察诗心。"浙江有位才女，词才人品俱佳。"人们说的才女，就是谢长虹，这位来自宁波的警花。

　　王富举和陈计会是两位身在远山、诗心澄净的青年诗人。王富举名气不大，但诗性浓郁，举手投足，雅而不群。在全国公安基层单位，这样求美而至善的作者不在少数，但要像王富举这样，想在诗歌中浸透着灵性和温情，真的需要艰苦付出，用心体悟。陈计会曾获全国散文诗大赛金奖、全国鲁藜诗歌奖一等奖、全国新诗大赛二等奖、第十五届广东省新人新作奖。他二十世纪八十年代末开始发表作品，发力较早，成就斐然。而且他的诗歌评论也独到深刻。他在当地还主编诗歌刊物《蓝鲨》，发挥着传播诗歌、以文化人的重要作用。

　　这样的诗人，在我们的警营还有很多很多。这正是我们中国公安诗人继续呈方阵式集结的底气。不断壮大的中国公安诗歌群，已经当之无愧地在中国诗坛上占据了应有的位置，取得了骄人的成就。是火热的公安斗争生活孕育了诗，孕育了诗人。我们的歌声，已经成为中国诗歌旋律中一个高亢的音符。

因此，《琴剑诗系·全国公安实力派诗人丛书（第一辑）》的出版，于公安文化而言，于中国诗歌而言，都确确实实是一件意义重大的事情。在中国公安文学史的书页上，也应留下浓墨重彩的一笔。

诗言志。我们可以在此读到公安诗人对祖国的挚爱，可以读到诗人对故园和亲人的眷恋，可以读到他们踏上征途时的豪情壮志，也可以读到战士凯旋时的幸福与疲惫。中国公安诗人的诗情强烈而厚重，是因为他们的生活里那些太多难以承受的压力，已经把他们的心锻造成了世上最坚韧的心。中国公安诗人的诗句热情而浪漫，是因为他们的内心世界有着强烈的渴望，时时在梦中勾勒着安宁和幸福的图画。他们唯一的生命渴求，就写在祖国版图上的那一首首最壮美的诗行中。

就让诗歌成为我们的另一颗心脏吧！因为诗歌是思想的凝聚，因为诗歌是感情的积淀，更因为诗歌是人类最纯洁而令人心动的呼唤。中国公安诗人的声音，将是这呼唤中宏大而绵长的浪涛。

这，也就是我们编辑这部《琴剑诗系·全国公安实力派诗人丛书（第一辑）》的初衷。让我们伴随着诗人的脚步，为公安文学的繁荣发展呼喊，为这个伟大的时代纵情歌唱！

（作者系中国作协全委会委员、全国公安文联秘书长、全国公安作协副主席，著名作家）

自序

序

陈计会

不知受了何种蛊惑，我竟然闯进这样一片森林。在阳光和烟雾交织的梦境，森林被幼兽和虫鸣吵醒，粗壮、高大的树木将目光拉升到白云和飞鸟的高度，随处可见的灌木、藤葛、野花、地丁……密密匝匝地将峰峦、悬崖、峡谷覆盖，来回穿梭的蜂蝶忙着修补时间的空隙。在这个诗歌的森林里，颇获我喜欢的是那种枝干高大峻挺、开花时节满树繁花的树木，如木棉树、凤凰木。对自然界的审美无形中影响着我对艺术的感知。我从一开始就确立了喜欢的诗歌应具有两样东西：思想的和唯美的，二者缺一不可。在我的观念里，好的诗歌应像木棉树一样，它的根系庞大，深深地扎进现实的土壤，吸取水分、养料，"吸取陈死人的血和肉"（鲁迅），再在风雨的拷问、世俗的明枪暗箭中日渐长出粗壮的枝干（思想其实就是在与现实的搏击中炼造出来的）。然而，仅此还未能显示出其魅力，它还必须以鲜丽的语言之花呈现出来，春寒中铁褐色枝干擎起一朵朵烈焰，天亦欲燃。当然，做一棵木棉树也是可遇而不可求的事情，如果不能，便做一棵芒果树也可，花开时节，细密的火焰绵绵不绝……

我不知道诗歌苗苞是如何从自己心中冒出来的，但能确认的是，她离不开我脚下这片坚沉的土地以及我童年的经验。我出生的村子在粤西那龙河下游，那龙河作为漠阳江最大的支流至此豁然开朗。站在村口，漫漫田畴铺向远方，并随着季节翻转黄绿的地毯，目光尽处，是白帆掩映的南海。白日里，下河捉鱼摸虾，或者牧牛放鹅，月出时分，树影婆娑，劳累整天的大人在树下闲聊农事，我们小孩则围着奶奶听她一边摇着大葵扇一边唱——月亮光光照竹坡，鸡㖭耙田蛤唱歌，老鼠行街钉木屐，猫儿担凳等姑婆——歌谣像月光，像流水，缓缓漫过我们内心，安抚贫瘠的童年。乡村的青山绿水、乡人朴素的处世哲学，成为我诗歌的背景和底色。"诗人的天职是还乡"（海德格尔），故乡是诗人的出发地和回归地，对故乡的热爱会让诗歌披上一层明净和闪光的釉彩。多年后遇到勃莱的诗歌，我还是那样地喜欢，或许，不管身在何时何地，乡居生活都最容易引发人类的共鸣。

然而，乡村在我的字典里却不是世外桃源的代名词。饥馑、苦难和屈辱也强烈地浸染着我的心灵，以至于对这个世界产生了本能的反抗。当你在烈日曝晒的稻田直起腰板，看见自己拔草时被刮得血迹斑斑的指甲；当你看见邻居为省几个钱供小孩读书，狠下决心戒烟而当众破开水烟筒；当你在暮色四合的家门口，等到大汗淋漓拉回公购粮的父母，而那，竟然是被故意刁难拒收的……你会作何感想？——这些构成了乡村的另一幅图景。它成为我后来逃离这一片土地的借口。让我逃离的并不是某一具体的事件，而是因为日常积聚的尘土高过胸口，让我感到压抑和苦闷。贫困、闭塞、不公平……在多重重压下，在那个叫作农村的地方根本直不起腰板，气喘嘘嘘，气息奄奄。我还真切地记得，我高考前在书桌上刻下"背水一战"四个字，时时以此敲打自己。现在回想起来，或许从那时开始，"突围"作为一个主题便潜移默化地楔入我的生命里,成为我创作诗歌的原动力。突围不只是从农村走向城市,还是对自身命运的突围。在城市里你也会陷入另外的困境。更大的突围在于争取个人的尊严——"人的全部尊严就在于思想"(帕斯卡尔)。它往往要耗尽一个人毕生的精血。

作为一个卑微的人,我的抗争有过些小的胜利,但大多数都归于无奈的颓败。现实强大的桎梏笼罩着你,让你无法感知到它的边界,更无法将其打破。从警校毕业后,我被分配到基层派出所,当了八年的办事员。日常的工作都是与社会底层人打交道,这也让我更真切地感受到这个社会的根须复杂、纠缠与腐烂:权与钱,罪与罚,人与兽,良知与正义,美好与丑恶,光明与黑暗……它们无时不在掰腕,在拉锯,在展示人性最深处的腑脏。处于这样的旋涡之中,人是多么虚弱,有时连一根稻草都不如,稍不留神就被流水席卷而去。个体的卑微让人无奈,甚至无望。理想、信仰,变成了一件极度奢侈的事情。诗歌,正是在现实与理想逼仄的隙罅间得以萌生。我尝试用笔去戳穿那些丑恶和陈腐的存在,更重要的,还是将笔伸进内心深处,去揭开灵魂的黑盖,凿通光明的暗道,寻找心灵救赎的途径。我觉得,一个人如果有丰盈、光明的心灵,大约可以抵抗这个世界的异化和侵蚀。我的诗歌可看作现实在心灵中的倒影。在这样的时代,真正的诗人是不可能逃离现实追剿的,他命定要为现实背书,他的诗歌会以各种面孔出现,批判或揭示人性的深度,同时展现梦想和阳光。当然,从诗人自身而言,正如艾略特谈到他的长诗《荒原》时所说的,"这只是一些纯属个人的,对生活根本无足轻重的牢骚而已"。

我向来是夜猫子,小时候喜欢在大人熟睡之后走上阳台,出神地眺望繁星覆盖下的村庄,想象那些终日埋首刨食的人,他们此刻正梦到什么。梦是多么美好的事情!倘若没有梦,他们如何挨到日子的尽头？对于我，诗歌就是这样的梦。我常想，写诗是一个自我救赎的过程，一个诗人的内心要有梦，梦里还要揣着这样的词语：坦荡、悲悯、良知和爱。当他自己穿越了风雨的侵蚀和黑暗的吞噬，他尚可把自由、火焰、爱与美的吟唱传递给人们。我希望自己做这样的歌者。

那写在纸上的，未必不朽；那烙在内心的，却将永恒。

2015 年 3 月 8 日，深夜
于粤西阳江那龙河畔

第一辑　在我们中间

第一辑　在我们中间

在我们中间

假如你不来,三月的桃花不开
春天的梦想从何谈起
又假如你只站在高处,如何参透
河水的旋涡,道路的曲折
众神日渐远去的背影
有多少期盼就有多少绝望
一枚青果从落花中探出
我相信你一直在我们中间
与万物为一,铭记每个人的名字
活过一生又一生,像大地上的草木
却从不带走什么,包括尘土
密林中漏下的一缕光,或草叶上一颗露珠
都有可能是你留给我们
关于命运无法把握的启迪

2013/2/16

学习

我知道,什么是春天
最热烈的抒情:包括这细密的
花簇、鸟鸣、蜜蜂的寂静
南风来临,万物俯下谦卑的身子
春天在上,在爱的位置
芒果树捧出如此连绵的火焰
多么令人羡慕!哪像我
拙于言辞,羞闭:内心的蚌

2009/2/25

秋天

多么高大的秋天
阳光穿透树叶的一生
带来满地黄金

幸福是如此触手可及
幸福又是如此的遥远

那一片颤动的叶子哦
如何在秋风中安定下来?

2008/11/11

伐木者

他终于放下斧头　放下
多年的执着　那比斧头更锋利
的忧伤

抬头仰望　一棵树升高
向着阳光　和更大的风雨
他终于拥有自己的树木
以及那片蓝天

2012/8/21

荒芜

那片海滩让你等待
徘徊：如浪，卷曲的时间
麻黄树的阴影移过
秋天的内心如此空旷
你听不清海的暗语
乱石，将它分割成碎片
晾在晚风颤荡的目光里

当重心从一只脚，移到
另一只脚；烟已燃到尽头
海水：比绝望更深……
美人鱼是一个影子
仿佛一瞬间，你的等待
让整个海滩变得荒芜

2007/10/7

表达（一）

忽然想到与你去看海
静静地立着，在荒滩
让波涛在脚下伸展，消退
黑暗中有光在沉没
我从未遇到过的忧伤

什么也不用说，我想说的
大海已替我说了
然而，我的内心
却无法像大海一样安静下来

2008/12/7

第一辑　在我们中间

承担

暮色降临
拍净身上的尘土
可以坦然面对这个世界了
路的尽头,将有无数道路在延伸

你的脚步是划过天幕的闪电
隐隐的雷声埋藏在内心
一个敢于为黑夜所吞没的人
总有一双洞穿黑夜的眼睛

2006/10/26

故宫

宽阔的风,劈下来
宽阔的想象
劈下来,我无法阻挡
宽阔的黑暗,劈下来

阳光下,我晃了几晃
我从不怀疑它的伟大
禁锢六百年的风雨
我从不赞美它的伟大
锁住满院的阳光
我在风中行走
宽阔的风,宽阔了我的道路

2012/9/1

第一辑　在我们中间

墓志铭
　　——献给83岁在乡下谢世的外公

一个80岁仍扶犁而耕的人
他的足迹里蓄满冬天
而我从未见过一滴泪水
从他和善的脸上划过
一个内心埋藏着大海的人
融进了世间多少的盐与阳光？

如今，寒风将他在大地上的足迹擦掉
尘埃落定；我听见
大海却依然久久无法平静

2007/1/11

每一片叶子都闪着光芒

每一片叶子都闪着光芒
每一个卑微的生命都有内心的向往
纵使终日埋首于劳作的蚂蚁
也用梦想掩盖痛楚和忧伤

每一片叶子都闪着光芒
我不知神灵端坐在哪一张叶片上
每个人都有自己的道路
谁的手指能指向天堂?

每一片叶子都闪着光芒
我常常激动于自己的眺望
虽然我对命运所知甚少
每一片叶子却暗示着道路和方向

2007/4/12

飞扬

树叶飞扬起来,树
还留在原地;爱飞扬起来
泪水还留在原地
诗歌飞扬起来,诗人
还留在原地;大海飞扬起来
愤怒还留在时代的广场
我目睹了花谢花飞,大地倾斜
坐地日行八万里
经历未曾经历过的一切
当道路飞扬起来,我还留在原地
谁能拯救我?据说,天堂一片废墟
赶在夜幕降临之前
积攒金子,打造彗星
——一个声音在耳边响起
让命运飞扬起来,留下大地的疼痛
以及内心的火焰

2012/11/13

在更低处

比秋天低的,是树梢
沙沙的树梢;比它低的
是你树下默默的劳作
阳光斑驳的脸庞,而
更低处,满地落叶
落叶上的蚂蚁,终日奔波
埋首于琐屑的营生

背负青天。比这一切还低的
是什么?是井底,深蓝的井底
怀抱仰望,并且包容——
哦,诗人,你指的是什么呢?

2013/11/3

天津

秋风吹开的道路、城门,凋零
几片金黄的叶子,旋转着
最后尘埃落定,装饰近代史
斑驳的扉页;你的手指蘸着唾沫
轻轻翻阅,并跟着脚步深入
这一片异域风情的老房子
阳光暖暖地洒在脸上、身上
让人忘记昨夜的寒凉
你摩挲着书页,目光楔入历史的
墙罅、角落,远去的硝烟
那一张张杂芜的面孔,晃动
如墙上的树影,无可辨析
消失的,也会以另一种形式重现
不时遇到牢牢钉上去的铭牌
确凿,有着金属的冰凉
与异域相关的人和事,如此刺目
噢,这些提醒或许必要
特别在这暖暖的阳光里,正如

你在书中遇到那些黑体字
疲惫的阅读突然惊醒
记住的,不只是一部书的意义
还有这脚下道路的开阔

2013/11/16

微信

它的触丝,以植物的形态呈现
全方位围剿岩石的时间,如苔藓
纵使你的头颅竖起,保持警惕
手却不自觉地陷入根须的缠绕
万有引力关键在于吸引牛顿的眼球
"无穷的远方,无数的人们都和我有关"
无视脚下的沼泽和涌动的流水
总有借口点开荧屏,习惯的绳索
套住时间的脖子,让你受制于人
焦虑是缓慢的细菌,侵蚀
岩石,一个人的生活,以及立场
也许不安的流水,会将不安带走
它的旋涡,也许是奴役的赠礼
你端坐如禅,默念"好自为之"!

2013/12/1

面向苍茫

——兼致五四

我常常怀念夏天那脱缰的河水
它挟持我的青春、激情甚至鲁莽
而我却乐于奔流,席卷雨水和阳光
纵使万劫不复,纵使地老天荒
粗砺的河道排斥泪水
当你渐渐向我走来,带有秋天的平静
两岸平畴稔熟的风景
我却无法按住那莫名涌起的忧伤
桀骜的乱石不知冲到何处
逆水而行的鲮鱼亦已潜藏
慵懒的水鸭成了肥硕的俘虏
你我静坐成岸边孤独的柳树
落尽了叶子,面向苍茫

2014/5/8

说出

阳光说出缅怀,花朵说出爱
天空说出连绵的雨水
大地说出今年的预产期;流水
说出远方,远方说出广场
广场说出喑哑的往事
和哽咽的风——
风中的知了说出漫长的中世纪
你说上帝啊,他经常打瞌睡
放纵着罪恶和铁蹄,那我呢
多少年了,我却说不出真相
——纵使疼痛无所不在
诗人啊,你说什么叫羞愧

2014/5/18

他的光荣在于堆积梦想

那老人在榕树下安然入睡
南风卷曲着鼾声
也卷曲着乌云、闪电和阳光
他如此疲倦,不知走过多少道路
他如此安详,多少道路又算得了什么
他白发飘飘,劳动锻造了他
他又安抚了大地和庄稼
颗粒归仓,他不知日之将暮
他的光荣在于堆积梦想

2014/6/5

第一辑　在我们中间

散步

日落时分，我环湖散步
水波在荡漾，它环绕着我
我虚度的每一天，都沉落湖底
光芒在水面上闪烁
我就这样走着，不关心周围的风景
水波在荡漾，它环绕着我
脚步没有方向，脚步就是方向
我怀抱孤独，也怀抱辽阔
水波在荡漾，它环绕着我
我如此一路走来，不管风雨
直到光芒在水面消失
直到光芒在内心升起

2014/6/21

你未来之前

蛙鸣如潮的夏夜
你默不作声,或加入合唱
没有人对你命令
要么在沉默中消失于黑暗
要么在灿烂中消融于光明
你如何让我看清你的面孔
你未来之前,夜已来临

2014/6/23

第二辑　从尽头返回

第二辑　从尽头返回

乌龟

纹丝不动。它独据
一袭正午的阳光
我的路过,以及击掌
与它无关;神态寂静
源于湖底,身体混同岩石
凸起:那倾斜的底座
俯向吃水线的苔藓
昂起的头颅,转动日光
或全方位吐露内心的黑夜
我的驻足,以及凝视
与它无关;与被遮蔽的
湖底的黑暗,无关

2012/10/20

灯下

我不知它从何而来
也不知它叫什么名字,这
小昆虫,玉米粒大小
蓬着:黄蓝相间的花衣裳
在书页上,振翅、探腰
收拢了崖鹰的想象
它带来如此从容的屏息
有一个关键词,藏匿在
伞形花序里:徐徐展开

恍惚间,它弹到灯光之外
我还未来得及说出
优雅的弧线,难以追逐
微尘的背影;那一刻
我惊讶枝头,不知谁
将昙花的指针调慢了

2009/9/23

回龙寺

在豆畦一侧,水的拐角
你有很好的角度,看山逶迤
两株脱尽叶子的木棉树
侍在门旁,暗含玄机
庆幸,你并未满足于花蕾
一个远道而来的人,其实
早已被钟声识破

2009/3/31

漓江书签

在山与水之间,轮船穿梭
运载着无数眼睛和快门
你的眺望,一只掠过群峰的鸟
双翅开阔江面:沙洲、灯塔
崩牙的防波堤;蹲在树顶的鸟巢
怀恋去冬零落的叶子
倚岸的树根,紧紧抓住流水
黑鸭子的低鸣,无意泄露
春天的秘密,隐于枝头
错过春节,橘子还在不知名的码头
候船,紧挨正午的饥饿
峭壁的羊,啃着瘦削的风景
汽笛赶集,拐弯的江水,抵达
鼎沸的阳朔码头;你无意间瞥见
那只下岗的鸬鹚,眼里噙着漓江的迷雾

2009/3/16

高流墟

广东阳春市高流墟古名"高僚墟",南北朝时"岭南圣母"冼夫人曾在高流河畔操练千军,平定高州李迁仕叛乱后在此举行胜利大游行,后来形成一年一度的五月初四高流墟,是竹、木、农具、编织、工艺品和农副产品的交流盛会。

> 它的源头攥着时间
> 清凉、闪亮的流水
> 手舞足蹈:两岸的豆荚
> 水稻、草木的颜色
> 为传说上釉;人声鼎沸,日光
> 洒落在竹椅、木凳、藤篮
> 水浮莲深紫色的花穗里
> 我成了古人,在竹木制品间行走
> 泥泞的裤腿,接近农耕
> 五月初四,一年一度的墟期
> 水芋叶摇晃庞大的伞
> 我们在下面避雨、聊天、交易
> 像河水又一次回到源头

2009/5/28 端午节

中秋月

这月光,流水镂空的脸庞
布满菊花的寂寞
一双手,窃取了黑暗
今夜,谁的内心将被照亮?

2006/10/6 中秋节

第二辑　从尽头返回

贝壳

暗红色的掌纹
刻下：大海命运的隐秘
一个穿越旋涡的人
额头接近礁石的神色

沙滩上的幻影；海转身
更大的空茫将它灌满

2006/10/3

菊花石

当幽香打开暗夜
枝头的秋色趋于完美
在岩层中行走的人
他的爱,却遗失在孤独里

秋天:留下一条露水打湿的小径

2006/9/25

迷宫

生活递给他的是一个线团
他不知哪一根连接脚下的道路
陷进夜晚的香烟，将银圈
一个个套向他：选择是艰难的
从尽头返回却更艰难
有时他乐于在黑暗中遗失双足
脸孔、行动，花瓣飘落的
曲线：穷尽他一生的想象
一次次穿越、迷途、折返
在一枚磨损的硬币的反光里
他看见自己的脚印，以及下一站

2009/12/11

辛亥革命

他在削一只梨。皮屑
硝烟、绳结、纷纷扬扬
瘀血,剩下——
宁静的部分,它
属于林觉民的寸管。
雪白的惊雷,潜于草野
"今夜我不关心人类……"?
你们在尝一只梨:凉。
涩。透髓——夜的味道
百年转身,大地灼热
舌尖,仍残留着
积雪——这足够我的哽咽

2011/5/17

果核

这样的果子,像一枚服帖的
鹅卵,我第一次遇见,紧握
剥开:却是鸡蛋的清香
透过密匝匝的树叶,粉黄的
甜里,我嚼着面包满口的惊奇
更令我吃惊的,是果核
当我剔尽它周围淤积的面粉
水里露出:一只南极的企鹅
慢吞吞地踱步,包裹的衣服
或者甲壳,黄褐,如覆舟
倒扣在背,吃水线明显
将肚子圈定,花点,浅黄
像在水里浸泡时间太久
目光集中于它的喙
微翘,尖利,随时准备出击
灯下,脊背闪烁着柚木的光泽
深远,内敛,坚固,它裹紧
不为人知的秘密,凝视我

2012/11/25

审讯(一)

夜雾锁窗,给你一根烟
并且为你点燃
说与不说,你最清楚
在这个尘世,我们虽非兄弟
但却同为黑夜的囚徒
你的供述,也是我的证词

2013/5/1

审讯（二）

戴上手铐。你知道的
他有些无奈，有些
惶恐……迟缓的步子
拐进审讯室，我指了指石凳
他低着头，始终不敢接
我的目光，仿佛有钩子
将他隐蔽的沉渣钩起
一个密封的罐子。好一阵
他开口，说，每一个字
都敲打着，仿佛——
诗人。只不过，他不侧重音色
更在于字义。你知道，我的无奈
比他更甚。小心翼翼避开雷区
我摸出一包烟，嚓！为他点上
自己也趁机猛喷几口。说说
你的家庭，老婆、孩子
……说到生病的老母亲
他双肩忽然颤抖，然后

……我请他——
过目,签名,摁指模
"以上经看过,与我所说的相符"
……你知道的,我所做的一切
也是在探头的审视下完成
只是,不知道,这个世界
是否与我所说的相符

2013/5/2

此时此地

一切在期盼中到来,晚风中的歌吟
你的眺望没入夜色
幸福也就这样衍生开来,像夜晚的草根
岩石、疲惫的心灵,穿过的流水
在敞开的时间里,你看见奔赴的脚印
一只鸟在前方引路,万物静立
飞翔、俯冲,横过一片岁月的山冈
你匆匆的行囊里携带着爱与忧伤
忧伤是难免的;就像这幸福
藏着充满汁液的草根,将夜紧紧环抱
一个人,他目睹了花开花落

2006/7/12

譬如

通向一个人内心的道路
是漫长的,你却让
蚂蚁爬在前面;且听命于
远处的黑暗;爱着,并不忧伤
有些温暖是不易察觉的
譬如一个梦,让人轻易抵达早晨

2007/4/16

端午

驻足江畔,一年一度的鼓声
开阔了我的眺望;凤凰花开
高大的雨水落下来,一张脸
苍老于苦艾的怀想

江水迂回,埋葬了多少荣光与阴晦
而那纵身一跃,多少年了
依然让群山谛听:一个人
或一只鸟的啼血,江流无声
蔓生的芦苇,遮住眼中的泪水

年年岁岁,菖蒲谢了又长
忧伤是遥远的,像一个人的内心
无法读懂;鼓声使劲地敲
把酒临风,不懂的,醉后便懂了
生死事大,一条鱼,驮走了整条江的疼痛

2008/6/6

奔牛

奔牛是原野暮晚的燃烧
它是大地的荣光和徽章
它的力量让我们战栗,草叶惊慌
透过暮色,我看见低矮的屋檐
远去的山川,乡村的疲惫
原野宽阔的黑暗由此展开
祖宗的泪水是天上的星辰
带着不幸和幸运上路
奔牛犹如神祇,归鸟竖起耳朵
大地在它的蹄下开阖
它的疯狂引领着我们
蚂蚁的梦想,大地的定音鼓
我看不清它的脸庞
但看清了它眼里的火焰
黑暗永恒如斯,仿佛世界的尽头
然而没有什么力量能让它停下来
没有风,能扑灭大海的火焰
天堂,或许会在疼痛中露出犄角
犹如爱

2012/11/13

花朵

它包含了生命的全部或过程:打开
与合拢之间。时间屈起它的手指
"芝麻开门!"——并非一句咒语
月亮呈现出内心的幽秘
女人转动深闺的脸庞
睫毛上布满草叶的露珠
你知道,阳光会看见无尽的丰饶
也会触及隐藏的忧伤

一切是那样的短暂,像蝴蝶
扇动翅膀,湖水展开纹理
你看不清也抓不住
飞蛾那套遗弃风中的旧裙子
难以复述剥皮鱼惨白的疼痛

2009/8/6

报平村(三首)

水稻

> 三年前,家乡一望无际的水稻被推土机以推进城镇化进程为由轻易地覆盖了。三年后,我见旷野里长满了荒草。
> ——题记

人声鼎沸。推土机虎步
横过,重浊的低吼,反衬。
钢板的寒凉,临摹着周围
人的嘴脸。推斗倾泻红泥,或血液
而这一切,仿佛与人无关。

有关的是风,推搡着;有关的是
阳光;有关的是泥土;还来不及
张嘴,就那么结实地掩——
埋。让抬来的棺木,空搁。窒息的
何止是喉管?那橙黄橙黄的剧痛啊
让警戒线后的牛眼——点灯。
而这一切,仿佛与人无关。

锃亮锃亮的皮鞋。雪白的手套
交错的车辙,疾驰而去的烟。
遗留下,一望无际的风,以及
疯长的野草;没有牛哞的春天
而这一切,仿佛与人无关。

当然,更与我无关!阿门!

2012/3/13

桥上

钢铁庞大的鲸影,驼背着
他如甲虫,却聚焦:目光、行人
壅塞的喇叭;白衫上沉重的黑体字
仿佛受伤的申诉:远处,或低处
水稻倒伏在流产的血光里。泥土
却并不是被告。无形的手
将他如风筝,擎过钢铁的傲岸
或,套在法律的绳子里
——众矢之的。他忽然脱掉衣服
如旗。失败的招展,凌空
那一刻,谩骂迎来早搏的瞬间
然后,钢铁依旧巍峨,鲸影依旧庞大
车流滚滚;山河依旧壮丽
——他唯有向壁。

2012/3/23

见证

那是雨水洗刷不了的
野花砸进泥土,石头的血
众目所击;你袖手,沉默
同谋是一个动词。如针芒

盐渍的汗衫,不断彰显
——腥:那是火焰的出口
暴露骨头的羞耻
天平指证,重机械的阴鸷
这也称为交易:从冷兵器开始
轻易抵达头部;洞见的恐惧
默许周围的眼睛

还有你的笔,瑟缩在衣袋里
喏嚅,听鼠嚼。三年了
——不哼一声;从此
想不起火焰的形状
没有指向的风暴雕塑
碎了的词——痛否?
嘴唇的追悼

2012/4/2

童年纪事(组诗)

麻雀

这么多年,嵌进时间里的鸟鸣
还长着尖利的刺,偶尔触及
我的手指惊悸:云层里瑟缩的闪电
掏走檐下雏鸟,不经意间
一道伤疤,难以宽恕童年

我目睹它们翻飞、蹿跳,凌乱
没了方向:时而树桠,时而墙头
日光碎落,薄薄的秋风
裹不住瘦小的身子;那嘶鸣
像日后法庭遇到那农妇的控诉
花白头发抖动,起伏如苇草
难忘它们眼里的湿润、灰暗,以及细碎的
火焰;秋空下的影子,似乎又那么遥远

游街

1975,一根钉子,将
一条小巷的耻辱,钉进
锈迹的童年里;巷口的阿用哥
曾送我一把打鸟的弹弓,
偷蔗贼、触目的大纸牌,后面
紧跟着锣鼓,蹦跳的小花狗
凌乱的脚步,踩着惊恐和好奇

那天阳光很灿烂
小巷很幽深,转动的舌头后面
空空荡荡的口腔,传出一股霉味
疼痛却是多年之后,当
锈迹被雨水洗掉,瘦骨裸露
让人更不忍心触及

2008/9/16

标语

非关血液。红墨汁
当时觉得好玩:藕肉色小手
上下起伏,雪白墙上
涂满阳光的火焰,跃动

邻居大姐姐的羊角辫
缚着红绸：加速的喜庆

更热闹还在远处，集会喧嚣
血液是看不见的：暗流
唱歌、跳舞，在大红字前
我们是一根根凌乱的水草
晕眩：时间的旋涡；三十年后
解开草结：斑驳的字迹
远去的流水，被寒凉败坏的舌根

2008/9/19

碾米厂

我遭遇了童年
别开生面的梦境：轰鸣，颠荡的空气
纵横交错的皮带，拉动
惊悚；高悬的天窗，漏下
阳光的尘粒、梦屑、翻飞的想象
像这遥远的记忆，它起源于
对一粒稻米来历的猜测

相比田间单调的劳作，我更喜欢
这庞大的轰鸣；虽然无法触及
战栗的筛子，珍珠回旋

秋风裸露出叶间的果子
一个谜打开内心的秘密
而我的梦,却刚刚开始

2008/10/4

挖薯秧

那一畦被冬天遗弃的地
将珍惜的理由:交给了春风
点滴绿焰,饥馑的眼睛
撺掇:门角,一把把瘦削的锹

春水磨亮的寒光,紫红的脚丫
为素描上色:难忘,不只是
风里残留的一点点甜;寻觅
潜伏的喜悦;补丁里的春天,更是
跃然纸上;时间递来的盐
不多,于伤口,却已足够

2008/10/5

蜘蛛

我的惊喜,常常在于遇见
一只硕大的蜘蛛,懵然八卦阵中

螳螂捕蝉的命运；突变
一把稻草的烈焰
清香，关照了我酸楚的童年

火焰还会殃及：蝉、青虫，甚至蟑螂
乡间这些飞舞的昆虫；而忏悔
却来得很迟，在河水退去之后
参差的石块，让伤愈的脚
再次匍匐

2008/10/25

砖窑

那时不识烽火台，更不知褒姒
好闻的是那样的轻烟
被深冬的冷风扬起，撒落
遮蔽那一排嘎吱的扁担
以及母亲消瘦的背影
翻飞的泥屑，犹如打粉酥①
我跃跃欲试；父亲却并不理会
砖模，一刻也未闲着

煤是黑色的，那时我并不知道

---

① 粉酥，阳江人春节用黏米做的饼，外地人又称为炒米饼。

还有什么比煤更黑

若干年后,回忆加深了底色

父亲的胡子,至今仍有洗不净的煤灰

2012/9/15

供销社

回忆是从气味的触须开始

缠绕、高蹈,空旷的古庙涨溢

进而撩拨我的鼻孔

如此熟悉的童年;竹篮接近脚踝

臃肿的队伍,汗味加剧

回忆的烈度:捏小票的手,酸麻

越来越小的咸鱼堆,牵紧

旁边弟妹的目光,以及我

……只有那块猪铲骨,貌似闲着

斜插在盐堆;冷不丁

往我碗里匀点料

2012/9/15

青虫船[1]

现在我可以确信,童话不在
书里,顺着我的手指
锐利的阳光,分开
芭蕉暗绿色的流水
荡漾,低垂于水面的蝉鸣
记忆泄露:翅膀的帆
青虫驮着快捷的风
疼痛,掠过开阔的水域
将立不住的蜻蜓和嬉笑
抛弃:小荷晃动,时间静止
当我重新指给你看
手指一阵瑟瑟地抖动
青虫遗弃的爪,或落英缤纷
——翻不动的书页

2013/5/9

阉猪记

声音决堤——小巷痉挛

---

[1] 青虫船:青虫,指绿色的金龟子。每年夏天青虫便缀在枝头或叶间,小孩捉来去掉其带刺的胫节,用线缠住一后足,再穿过一寸长的小竹筒,并将竹筒固定在一块两寸长二指宽,两头削尖的杉木板中央,青虫船便做好了。青虫飞动,小船就可以在水面上疾驰。

如绳,紧紧缚住四足
固定在竹梯,倾斜的墙。
刀子雪白,与血液相映衬
在目光里游走,利索——
纷落的是满地声音
如谁家小孩打碎的工农瓯①。
"为何公的要挨此一刀?"当时可怜
那些猪、鸡……被捶睾丸的牛
——不见血的阴谋;却不知还有人
被阉割,以及后脑勺里的思想
结扎:为看得更清晰,群童
趋前——"再行近,就——"
不知哪个大人戏谑一句;胆小者
抽紧裤子,逃遁——
……嘻哈的笑声,落叶般覆盖了血
返魂的猪,循着醉汉的步子

2013/5/8

篾白猫②

"喵——呜——"哭声戛然
而止;他乘擦汗之机

---

① 瓯:指盛物器皿,现在都改称碗,阳江人仍保留古汉语叫法。工农瓯是阳江人20世纪六七十年代使用的一种中间画有向日葵的碗。
② 篾白猫:以前阳江民间用剥下的篾白编织成的简易玩具。

翻飞的篾条,停在
鱼篓收口之处。瞬间
一只模拟的猫,自篾白丛中
跃出,驮着一串笑声——
他展开苦涩的眉头
回首——也只是转瞬,你置换
成他:古老的手艺,隐身
变形金刚、超人……粉墨
登场;它有眩晕的诱惑和戏台
以及想象的回形针;与手无关
你的梦,从原野剥离,或消逝

2013/5/2

打蛇记

它的出行是错误的开始
三月阳光的诱惑,青蛙伏在稻根
青草窸窣倒伏在红色分叉的蛇信下
一阵轻风,惊惶于一声尖啸
——蛇!不知谁最先发现
从牛背上纷纷跳下;石块
泥团、棍棒……集于一身
一双双黑瘦的手,被阳光聚焦
也曾聚焦于巷口老财主鼻涕儿的脑勺
卷曲、挣扎……终至面目不清

——欢呼,在阳光下久久回荡。
多年后,那双手是否试图接近蛇的颤抖?

2013/5/12

领袖像

那是一个疑惑的结
草编的鸟巢,或榕树的气根
乡村孩子走不出的胡须
浓密、神秘,眼窝深处——
飞出两只扑棱棱的鸟,一刹那
惊诧是肯定的:合不拢嘴巴
记不起是在生产队的记分室
稻草和黄泥垒起的高墙上,还是
邻居家柴火熏得发黑的厅堂
至今记住的是那凝固的眼球
我在一碗清澈的番薯粥里发呆

后来听老师说您并不喝粥——
我的担心是多余的;也并不用筷子
您用闪亮的刀叉,大块地
切面包、牛扒……天堂里的食物
噢,怪不得您高高地站在我的仰望里
只是此时,不知谁暗中拉扯绳子——
将结打得更紧:您从遥远的异域来

轻易地占领了——我们祖先堂的位置
却不帮我们打捞：掉进粥里的面影
——历史有一个天真的狗鼻子

2013/6/21

劏牛记

我确凿记得那把铁锤
竹竿，尾部微爆——
高高抡起：吱吱作响的弧线
划过泥腥的晚风，颤抖的秧苗
群童惊悸，你也后退——咚！
还未回过神来，那庞然大物轰然
倒地——黑布依然蒙住双眼；被牛轭
勒烂的脖颈，有牛虻依然——
嶙峋飞舞；四蹄朝天，或朝向水田
（你记不清哪个方向）
乱蹬——，最后定格——
很深的吃水线，泥浆将牛腿圈住
（还未来得及清洗，已陷入阴谋。）
我不记得围观伙伴的惊呼
也不记得大人操刀时的吆喝
甚至那个没有月饼的中秋节，那顿
难得的牛肉粥，也记不起什么滋味
旁边另一头牛的惊恐，当你转身时触及

陈计会诗选

眼窝里浑圆的泪珠,滚动、蹦下
这么多年了,依然清晰,如豆

2013/8/2

第三辑　风中的神谕

蚂蚁

一只蚂蚁行走在秋天之上
缓慢地,一种接近伤口的速度
被谁久久地注视着

一片落叶带着某种预兆
把言辞隐藏起来,在树林深处
只有蚂蚁的这种方式,更接近心脏
前世的兄弟,我们默默无言
用白色的唾液,把伤口包裹
从左到右,从秋到冬
树叶慢慢地落下,并且覆盖

带走所有的泪水,兄弟
一个小小的生命,承担了命运的天空
秋天便空旷起来,灵魂一般

1997/9/7

刀子

刀子和光并存,在我的手上
它渴望插入,并且见红
一阵惊悸,在骨节与骨节之间

刀子比光更快地飞翔
我害怕见到,像秃鹫张开的翅膀
突然掠过水面

这是永远的隐痛,关节炎一般
但是无法逃避,手一松
刀子便落在另一只手上

与我冷面相对。我不明白
神说要有光才有了光
而刀子,却不唤自来

1997/9/8

表达（二）

我们终将被言辞吞没
变得沉默，一如房子
占据着空间

和黑夜。久久地伫立
思想的深处；遍地是
纵横交错的舌头；而我却
找不到耳朵，倾听的耳朵

被记忆所缠绕。我们
又被记忆所遗忘。旧事的细节
在黑洞洞的双眼中：飞进，飞出

恍然若梦。当我醒来
思想在瞬间显露或消失

1997/9/17

远眺

这是暗流潜涌的城市
灯光的阴影里,一只手紧握
一把闪光的匕首
坦露我灵魂的孤寂

在这漫长的旅途,我只倾听
一个召唤,它来自头顶或远方
像我的母亲,在泪水里积聚
一生的苦难和幸福

所有这一切,是从一个人
深夜眺望开始的
从一面镜子,返回另一面镜子
仅仅一瞬间,时间的积雪
便覆盖了来路,以及照亮额头的光芒

2000/5/1

第三辑　风中的神谕

启迪

一只蚱蜢,在去夏天的路上
与我相遇,通过一片草叶
点燃我对幸福生活的向往

它支起双腿,将要发动车轮
阳光铺平的道路,充满诱惑
多么眩晕的穿越!我为前途备好马鞍

谁在召唤?风吹动草叶
跃出去!在完成这个动作之前
好像有一个祝福,从陷阱里发出
以比风更快的速度掠过草叶
听啊!正沙沙作响地走在通往未知的路上

2000/5/28

奔跑

在夜的悬崖,一只蚂蚁正在攀爬
道路比月光更细长
你的奔跑被影子所牵引

穿过一场大雪或一道洪水
漫长的途中,这仅是一个假设
在夜的阴谋里,我读到了坚韧

什么时候学会隐藏伤口,并且
缄口不言,这比受难更令人震颤
从一滴月光到一滴泪水,岩石上长满青苔

今夜,你的奔跑凸现在我的书写里
瘦瘦的身躯,细长的腿
绕过笔尖,绕过阴谋和泪水
那是一种无法捕捉的力量
在我的笔还未到达之前
你已穿过黑夜的岩石
像一辆犁开雨水疾驰而去的小车

2000/5/31

怀想

当我从露水中醒来,青草已将往事
的年轮覆盖。谁理解岁月的伤痛
夜里,一只猫头鹰与月亮的倾诉

那是一个牧牛的少年,田埂、沙滩
溪水和游戏,十岁时留下的影像
在铜镜中返回孤独的夜晚

地铁匆匆驶过,试图谋杀城市
小时候那把小刀,偶尔划破手指
我的梦里便留下一道很深的伤口

在月光下熟睡,呼吸变得匀称而沉缓
猫头鹰的翅膀,一次又一次扇动
夜晚忧伤的回忆,我赤裸的脸上
被一双手温柔地抚过,并留下露水

2000/6/1

期盼

那棵树下,站着一个人的等待
闪电或雷鸣,风雨兼程
一种由远而近的倾诉

听见,而又听不见,木叶的耳朵
竖起,却被眼睛忽略;闪过
一道鞭子,雨便打在你的脸上

一片叶子,与另一片叶子,交叉生长
遮蔽着你的等待,这种古老的方式
语言无法表达的爱,或草编的花环
在那棵树下,将逐渐老去

你的手里,却攥着一条河流
上面浮着梦想、花朵、激情和泪水
在一个风雨之夜,穿过向往的天空

2000/6/2

黄昏

掠过湖面的光,犹如一阵风
停泊在脸上,那张深埋在书页里的脸
香烟将夏日燃到尽头
一种灰烬,是我至今还未触及的思想

然而,黄昏已经上路,从水底开始
一只青蛙,在远处,或内心鸣唱
蚂蚁开辟的道路,曲折地穿过五月
谁的手指摸到了石块
在深渊里发出真理一样的呼喊

这一切是书本所缺乏的,从黄昏开始
草叶将月光编织进猫头鹰的倾诉
在回家之前,我读到一生无法读到的
道路尽头的一棵树,果子飘向梦想

2000/6/4

正午

越过栅栏,剪草机不停地
切断阳光,和青草的香味

血涌出,在伸手不及的地方

一种痛,像高天上的流云
不知从何处升起

我闭上双眼,树皮上的双眼
感到脚下的大地微微颤抖

齐腰切断的阳光,留下一茬茬草茎
伤口里,一个影子轰然倒塌

远处,骨头在捶打着空洞的正午

2000/6/8

噢,蚂蚁

沿着嶙峋的树皮,蚂蚁
走在永远的途中

水漫上来,无处可逃
向上!这或许是唯一的出口

阳光和剑。在前方设置陷阱
松油和火把的燃烧

向上!依然向上!沿着嶙峋的树皮
道路是泪水的延伸

那瘦小的身躯,在伤口的深度里
留下渺小而坚韧的背影

2000/6/15

陈计会诗选

走进马含山(组诗)

岩边的树

被岩石举起,或
举起岩石
一棵树,向我伸出手

在寻找道路的山谷。危岩中的手
湿润、粗粝、内含火种
我不敢相握,用尽所有的沧桑
也无法遮隐内心的虚弱

一棵树,也是一条道路
它是用根开辟的

2001/2/26

倾听风声

在山谷,你禅坐成

一块岩石,倾听风声
贫寒的风声,穿过流水
穿过历尽劫难的双足
一遍遍,拨动纤弱的琴弦

灵魂的叶片,瑟瑟作响
感动于你的来路和归途
在每片树叶里
你将听到内心幸福的召唤

比风声,更刻骨铭心
是刻在风里的神谕

2001/2/24

途中的石头

光滑得像冬天的月亮
一样孤独

守住内心的大海
缄口不言

雨水或闪电的踪迹
被风吹开,又合拢

一条鱼匆匆穿过黑夜
若无其事

在水底
我找到一枚带血的鳞片

2001/2/27

遭遇流水

被流水所击中
是一种内伤,或深渊
悬在命运的河床

摸不着的疼痛
蛰伏在必经的路口
当你的双足抵达
便已在围困之中

因此,你必须学会拯救
像风,从灰烬中救出火种
学会挽着闪电一瞬的光芒
穿越内心的黑暗

2001/3/2

山谷

我终于摸到时间的肋骨
冰凉得,像山谷透来的风
在岩石和流水之间

在层层落叶被拨开之后
在蚂蚁的道路消失之后
在万物被唤醒之后

不经意间的发现。我的手指
被这一时刻激动,却无法抓住
藤或水草。一切在岁月里繁生的植物

山风过后,掌上留下一片茫然

2001/2/24

孤独

大地之上,一只瓦瓮贮满雨水和春天的秘密

蛙鸣覆盖住今夜的草径
你寻找不到深渊的归程,留在泥土里的双手
拒绝抒情。保持内心的纯洁
血液里浮起痛楚、梦的呼喊、老鼠嚼碎的词
以及青蛙一张还未合拢的嘴

抱紧内心的瓦瓮。被雨水洗濯过的处女之躯
照亮蛰伏灵魂深处的野兽

2001/3/5

晚风中

苦楝花吹落的黄昏，一种暗香
隐藏在风中的伤口
绕过春天的细节，穿过树木弯曲的拱门
一扇带有预兆的门
苍茫之中，你只能默默地
捡起从唇边滑落的语词
在那弯腰的瞬间，你内心的灯盏被点亮
一只来自远方的手，随着晚风歌唱

2001/3/16

拥抱

打开双眼,仿佛推开被草叶遮蔽的门
呈现大海和上面生长的阳光
逐渐聚集成一朵向日葵
照耀灵魂中的黑暗

渴望呼喊,并且超过海浪的声音
迷失于深夜城市上空的脚步
驱赶我冲出躯体和愤怒
点燃海水里的火焰

一切成为灰烬:包含了绳索、虚伪、纸面具
敌人的锤子,在大海中沉没
只有一艘船,满载夏天的草叶
和黎明时分的鸥鸣,从内心驶向远海

2001/5/20

今夜

暴雨过后的夜晚
贮满银白的寂寞和丝绸的风
夏季沿着我的手臂滑行
引领内心的潮汐,充满幻想

长久的雨声围困我们
堆在墙角的番薯,嫩芽与腐烂同时进行
忧郁的诗句散落在
一封拆开的信里,喃喃自语

终于可以高唱的青蛙,不被雨声淹没
黑木耳长出来,在明天的阳光里
洪水消退,我不禁怦然心动
伸开的手臂,像两片向上生长的草叶

2001/6/2

我奇异,我是一棵树

我奇异,我是一棵树
在喧嚣的大街上
仿佛置身于千里之外的旷野
风从我的面颊吹过,树叶沙沙
并且散落四周
逐渐变褐,逐渐枯萎
我只听从一块铁的召唤
它在风中呜呜作响
阳光走过霜降的土地
它告诉我,譬如一枚树叶的腐烂
最早也是从内心开始的

2001/6/16

在海边

沉陷,是一艘船
或一只坠落深冬的鸟
黑夜里,目睹一缕光的幻灭
这并不可怕,你的手抚过
光诞生,海也诞生
我们重新在波涛上行走
被驱赶的恐惧,一遍遍拍打礁石
岸边的海棠树绿得多么可爱!

谁说生命如履薄冰
野草覆盖着贫困的荒原
挂在悬崖的小径,隐秘、内敛
让大海停止,死亡在左边或右边
我们用木叶编织花环,向它致敬
并且穿过去,道路宽阔退潮的海滩

2001/7/17

子夜时分

子夜时分：月亮贴近天顶
脚下是风和海水，幽幽的
波光，投进一座小镇的梦境

我是在一觉醒来之后
打开临海的窗，打开心中的
漆黑和忧郁

何处伸来的手，紧紧握住
横过头顶的钟声
空寂、寒凉，像喑哑的泪水

我转过身：从现实中折返
大海的入口，一条鲨鱼的残骸
将梦游者带回无穷无尽的空洞中

2001/8/14

第四辑　最初的独白

第四辑　最初的独白

祈祷

让我们面向群山！在深秋的庭院
　　在风中，在雨里，在锈蚀的月亮中间
我们。以岩石的姿态，双掌合十
　　一种声音。在寂静中飞翔
如亘古的孤独，是什么穿过忧伤的树叶
　　降落神的面颊或嘴唇
我们。形销骨立　为了爱情。为了梦想
　　在黑暗中。在月亮的阴影里
独坐千年。并不想感动谁，也没有人
　　为我们轻轻擦去脸上的
泪痕和血迹。固守一种姿态
一种声音。表达我们一生的愿望和怀想

1995/9

石头

石头开花。我在梦想
一个人

如何理解事物的本质？比如一个人
　　深入石头，轻巧的
脚步。倾听梦呓和颂歌

一切的表达。苍白无力
　　乐曲的尽头，死亡
如期升起。石头开花
　　或粉碎。同样美丽

除了梦想，我不知
如何进入石头？采撷花朵

1989/5

青草

高过我们的仰望。骨殖里的青草,草叶上
　　的歌谣,布满月光的露水
在我们伸展的手掌上,春天之上
　　寂静或生动。与一切美好的远景相关
与新生的光芒吻合。让我们沉思、激动、
　　向往:远方的幸福和爱情

青草。青草。埋进月亮里的青草。忧伤的
　　根系着谁的灵魂?飘进我们的泪水
落在死亡的阴影里。很多被草叶覆盖的面孔。
　　苦难的面孔。令人不敢凝视
与青草一起枯荣。是这样斑驳的履痕
　　当我们周围布满青草,灵魂的叶片该
朝向何方?如何显示我们的内伤?
　　洪水注定把我们淹没。犹如死亡的月光
一寸寸地锈蚀青草。以及大地的爱情

青草。青草。从死亡到新生,是一段多长

　　　　的距离?负载生命的全部,包括精神的
天空。在我们面前,凝重而深远
　　引导深陷的灵魂。向往春天
用手,或比手更细的叶片。引导我们,
　　　走进苍郁的远景
在这永恒的路上,青草做伴。比宗教和
　　诗歌,更让人崇敬的
是青草。精神的青草。高过天堂的月光

1996/5/12

闪电

时间的表面。穿过黑暗的世纪。闪电！高贵的王
  莅临永恒的大地。瞬间的速度
闪现：鞭子。火焰。锋利的刀子举起
  人群在奔跑、呼喊。恐惧淹没什么？
谁将统治世界？地狱或天堂
  闪电。高高在上　俯视或操纵人们的
信仰。膜拜。光明存在是时间的一种表象
走在永远的途中。唤醒深渊和死亡

从空白中来。从黑暗中来。横空独立
  上帝的建筑一片废墟。闪电！
君临一切的闪电
以何种方式逼近永恒？穿过苍生的内心
  在我们之前或之后。时间的大门洞开
靠近火焰的温暖和光亮。放逐的人开始觉悟
头颅回到躯体。英雄站起蒿草。宝剑
  在手上铮铮而鸣。闪电！被你击退的是
时间。击不退的是生灵。飞翔的光

　　　　重现历史的辉煌。从你手指的方向
击退大地的方向。真理和谎言逐渐显露
　　　　最初的面孔

闪电！在我们灵魂和上空端坐。灾难之上
　　　　端坐。从狰狞走向慈祥
从恐惧走向亲切。物质中的病人呵
　　　　血气衰弱。贫乏思想期待
鞭子。抽打　一个时代的阳痿
　　　　如钙质，深入骨髓。闪电
镀亮病房的黑暗。灾难中的人
　　　　从病中坐起。满脸鞭痕
朝向真理！而疼痛
　　　　随着黑暗的消失而消失

闪电！照亮一张张感恩的脸孔。民间的
　　　　热爱。唯一的王
目光远大。或灼烧，或锻打，生命的硬度
　　　　和纯度。真理的光泽
走过灾难，知道什么是幸福。翻越死亡
　　　　新生的道路还很遥远
深刻的教诲。引导我们！闪电
　　　　言辞犀利。向上攀爬
你是唯一上升的道路。抵达光明的
　　　　顶峰。迎着黑暗的启迪

别无选择。没有终点,谁也无法预言
头颅。不屈的头颅　如何支起
　　深渊。梦想的路标　闪闪发光

闪电。我们头顶的利剑　劈开
　　废墟的伤口。谁将永远锋利?
当黑暗腐烂,光明是一种怎样的疼痛?
　　飞翔的颂歌。击穿群星的舞蹈
灵魂高远!旗帜鲜明:从黑暗中来,
　　回到黑暗中去。犹如我们
闪电!用一句话说完世界。以及一生

　　　　　　　　　　　1991/7

最初的独白

A

是谁的手轻轻把大门推开?又是谁领我
　　走向那片迷乱的星空
阅读祖宗飘浮的头颅。家园与废墟之间
　　那片泻满月光的坟地呵
咬断滴血的脐带。我来了
　　母亲的诺言美丽身后最初的夜色
骨头的深处。花的根系。哭泣和歌吟升华
　　为最动人的火焰
灵魂的火鸟冲出生殖的巢穴。高过屋顶、炊烟
在清明的天空下。舞蹈或飞翔
　　在深情地注视那片最初也是最后的坟地
我禅静如一根白蜡烛。美丽的光芒飘荡地狱的
　　入口

B

经过和未经过的硝烟和洪水。在青铜
  以及粮食的泪光里
真实而生动。
青草覆盖我的嘴唇。大道朝东,依然遗弃着
  尸体、落花,还有老人那根指向家园的拐杖
为什么英雄走过的道路,我找不到一枚
  闪光的脚印?
在困惑的颂歌里。我和人们一起修补粮仓
  收割新麦
有人在远方指指点点。我把长矛举起
  刺向自己也刺向别人
喷血的诗句刷新崛起的城池和马革包裹的死亡
  大陆浮升,星空下沉。那片被挤压的坟地呵
总有一天放不下我那把燃尽的残骸

C

这是唯一真实的空间,季风从我的掌上吹过
  太阳的阴影带落一地阳光
被我注视的人群在苦难的荞麦地
  艰辛地拔节和歌唱
我总是沿着石阶走。或上或下,姿态在宁静的

烛光里如最后一朵玫瑰
不知道美丽或忧伤
静谧的时刻。我谛听远方的声音
　　来自灵魂的火焰或者成熟的麦穗
一切生命都被点燃之后
　　我不知道世上还有地狱和天堂

1992/7/30

鱼：穿过岩层

A

这个夜晚不知谁吹熄城市高处那根蜡烛，受了
  某种神明的启悟我点燃自身
赤裸的火焰从岩层深处从夜的内核里霍霍
  升高
人群遗落的梦淹没进子夜的铜质的钟声里，只
  有远道而来的鱼们在我高举的火焰中
  穿行
一排排裂岸的潮声劈开岩层注入空旷的夜晚，
  或者灵魂的微笑
鱼呵辛苦的鱼，你的足音成为一尾尾化石
  深烙我的手掌
命运便如岩石上无法诠释的花纹

B

总有一种炽热的声音穿过我青春的骨骼，跋涉
　　而去
总有清晰的背影晃动在漆黑的岩层以及
　　我光明的火焰中
在城市的上空。在人群的梦之外。在鱼们
　　穿过的岩层深处
我凝望这一切。千年之前的泪水结成干涸的盐巴
　　雪白般刺痛我的双眼
用一种祈祷。一种祝福。抑或一种燃烧的方式
　　回顾。
　　　岩层断裂之夜的那片黑暗
鱼呵，辛苦的鱼，越过无边的岩层，不又是一片
　　苍涩的海吗？
幸福总是遥遥无期，我只能照耀你穿过这片岩层
鱼呵，辛苦的鱼，这个夜晚城市所有的灯都熄灭了
除了岩层这唯一的光明，你别无途径……
　　　我在那残破的窗口中凝望

C

城市如一枚黑苹果坠落青幽的梦呓，我伸展的
　　火焰逐渐暗淡下去

第四辑　最初的独白

岩层深处那群恐慌的声音和面孔从死亡的指间
　　　穿过
我无法燃烧黑夜，也无法洞穿黑夜
　　　午夜的花朵随风枯萎
鱼呵，辛苦的鱼，原谅我吧！我的歌无法
　　　为你唱到黎明
岩层千年如斯，这个夜晚我将和那些人相继死去
引领你穿越人群以及黝黑的岩层是你体内
　　　神明的光芒
我祈祷的双手在城市上空永恒地垂下了

1992/5

接近午夜

A

在更深的夜里,我听见瓷器破碎的声音撒
 向水面。光芒四射
如白色的鸥群从远海向我追来
 在灵魂与肉体之间
我注定被神秘的光芒所照耀
村庄、城堡、我永久栖息的大地。沉进幽
 深的水底,或者漆黑的时间
此刻,我的灵魂放牧在遥远的荒野。异域的
 钟声如一种失身之后的呻吟
我的诗歌。我的女人和孩子。我那堆满
 粮食的石头房子呵
我瑟缩的两手找不到回归家园的路标
只能往前走了。走向最黑暗的地方,抑或
 最光明的地方
拒绝拯救

晃动诗歌的旗帜呵,我震颤的灵魂
在大地的边缘忧伤地吟唱

B

我跋涉的双脚停泊在午夜的门槛
　　没有启明星昭示方向或前程
寂寞的星辰随风陨落。青铜之夜空旷而荒芜
瓷器的白光划伤我滴血的心
也许生命是缘着痛苦而来。到达顶端是一种
　　辉煌。一种绝望
在黑暗与光明之间。我不知道
　　匆匆奔赴的人群究竟是为了什么?
某种召唤总会自头顶袭来。如凄清的晚钟
　　在秋后的原野哀哀地踱步
我想起那些逝去的先人。他们都没有返回
　　是否买不到回程的船票?
此刻,神众已在我周围唱起安魂曲
站在午夜的门槛。我的哭声传遍民间
　　梦里开放的鲜花逐一凋谢,飘零
光芒　漆黑的光芒　如锋利的刀刃
　　切开我的灵魂和肉体
也许在这瞬间。我完成了最终的使命
　　任灵魂在天堂或者地狱安详地漂泊
道路在我面前豁然开阔

终点。也许是另一个崭新的起点

<h2 style="text-align:center">C</h2>

面对午夜　面对墨迹未干的墓志铭。犹如
　　诵读一首自己新写的诗一样津津有味
午夜是这样的寂寥和不朽。只有瓷器破碎的
　　光芒覆盖漂泊的生灵
越过这片纵深的水域。便是彼岸了
传说　那里也有美丽的村庄堆满粮食的房子呵
是否也有女人和孩子。准时打开那扇大门
　　迎接我的诗歌和漂泊的灵魂
远道归来？
或许，我该满足地向午夜的深处涉去

1990/12

第四辑　最初的独白

晚秋的祈祷

大风如何把太阳推向群山？牧羊曲挂起最后一
　　个音符。远古的灯火呵，把平原的夜晚逐
　　一点亮
谁会怀念雨水？洗濯我们骨头和镰刀的雨水。
　　在这暮色四合的庭院里
在先人的手掌上。幸福的光辉呵，涵盖灯盏深
　　处的祈祷
我们静坐。黄金和玫瑰的花朵开满我们伸进空
　　间的枝丫
谁会为我们敲响钟声？只有布谷的声音，亲切
　　而动听。在乡间，在屋顶，在守望麦地的泪
　　眼中
谁会打开灵魂的花瓣？用一支长箫或短笛吹奏
　　感恩的颂歌
母亲。那些行走在季节边缘的乡亲。停下你们
　　的镰刀。聆听来自麦穗内心的歌吟
用一生的泪水呵，浇灌出平原上一个个梦幻或
　　忧伤的夜晚

在清纯的雨水里。我们注视着道路如何在前面
　　展开，延伸。那些随风而逝的麦芒和草帽
如何在岁月的铜镜中留下幻影
何处是入口和出路？星空之下，我们的血液顺
　　着命运的手指流动
晚钟为谁而鸣？颂歌为谁而唱？
我们静坐。我们祈祷。
我们植在麦地的骨头呵，布满雨水的光芒。
直到平原上的夜色逐渐暗淡

1993/3/19

诗歌

一张白纸。摊开,一个春天的
　　上方。语言贫穷,失血
诗歌深藏:青草、泥土、天空的
　　意境。树叶的另一面
拒绝我们的手指。清点纸币的
　　手指。接近和深入
河底光洁的卵石,诗句一般

兄弟。当花朵离开枝头,头颅
　　离开躯体。怎样表达
我们的内心。隐隐的伤痛和忧郁
　　鹰在深空。倾诉孤独
星辰的泪水。溢出谁的双目?
　　兄弟,这一切是语言
无法表达的　诗歌

1994/3

圣者

A

你总是站在高处,远离我们

接近那种耀眼的光芒或者神灵的颂歌

与玫瑰与星辰与经典成为我们顶礼膜拜的灯盏

我们所栖息的大地、夜晚,被你照亮和传唱

匍匐于土地深处倾听大钟古典式敲响

子夜苍茫

我们虔诚而贫困的双掌呵

从农具粗糙的纹理中长出

承接歌声、雨露,以及你博大精深的思想

枯竭的骨质里遍布你幸福的光芒

我们的眼里蓄满感恩的泪水呵

在你祥和的俯视里。我们相亲、相爱。

生老、病死

吹响喜庆的唢呐。让这一方漆黑的天空洒上圣洁

　　的星光

你与我们共存。共存在神灵的颂歌里

共存在一张黄金的叶脉上

飘向天堂

B

你。一个人。站在升高的海面

　　或者大陆的顶端。

远离我们。远离这尘世的喧嚣

寂坐古陶的死水与黑色的典籍之间

参悟

深海的船骸骆驼的白骨及至破碎的灵魂

偶有省悟便以光芒以布道的姿势

穿透天空

滴血的箴言缭绕群山　河流

炊烟之下我们劳作的岁月

回首青空。你独立的身影淹没进雪白的光芒中

欢呼，呐喊和痛楚你捏碎为一把午夜的黑潮

渐渐上升的陆地超脱芸芸众生

大彻大悟之后你炼成圣者。接近那种耀眼的

光芒或者神圣的颂歌

为何我们诵读经书的夜晚

依然听到天堂的大道上传来你幽幽的哭泣？

C

你捧着阳光走向水域走向我们灵魂朴素的空间

照耀我们。于洪水　于饥荒　于硝烟

之上。之中。之外

我们的头颅被你的手光芒地抚过

灿灿生辉

所有骚动的灵魂漂泊的灵魂禁锢的灵魂

泊进一叶方舟的梦幻

抵达大地的胸膛

黄金的叶片载着众生在远海吹奏的安魂曲中沉睡

说有光就有光的你

却寻不到回归天堂的道路

1992/9/15

沿着刀锋行走（组诗）

吸毒者

他摸着月亮，冷冷的

水一样的刀子

水一样地穿过

肋骨和岩石的内部

腐蚀了的日子

并且证明生命的全部

然后是死去

罂粟

开花。仅仅是开花

把一种美丽打开

的过程。没有埋伏和寓意

一切,都是后来的,人为的

包括覆盖伤口的花瓣,以及

刀刃上的血

收起言辞:把诅咒归还内心

与花无涉

1996/5

给手

一只手,在纸片与纸片

之间:隐现,翻腾,奔突……

被关注的,只是数字;以及

比生命还重要的

背面的寓意

一张张纸牌,把手淹没

一张张纸币,把手淹没

一节节骨节,把手淹没

残留的,是一些梦屑

在手之外

1996/5

夜风中

比黑暗更黑的,是谁

隐于风中的脸孔

在拐角,潜伏的媚笑和手势

却隐隐闪光,一如垃圾中的虾头

不用打火机,也能辨清钞票的面额

和每个飘过的灵魂

醒来发现:沙滩上,搁浅的手

捏住

一只干瘪的奶子

        1996/5

第五辑　存在的见证

第五辑　存在的见证

存在

我是阿尔法，我是亚米茄。我是初，我是终。

——《圣经·启示录》

A

时间的一个方向：源头或血脉，连接的
　　脐带，指向黑夜
陶罐的周围。洪水苍茫，一种飞翔的声音
　　硕大无朋的翅膀。越过头顶
空间的容器，被什么充满？
一把刀。最温柔的部分抵达母体
永恒的虚无。开始气韵生动
然后是血。溢出。布满根须的地方

群星转动，叶片徐徐打开灵魂最初的纯洁
我们站起。惊恐。神奇。让步伐停在时间
　　　途中的某个点上
家园浮升水面。而我们去寻找桨

用双手划动。在教堂最初的歌声中
幸福和痛苦。死亡和新生。对我们
同样可贵,同样真诚

从此,我们开始远征或逃亡
大海,闪电,荒原和恐惧的深入:灵魂的
　　根系蔓延、密布、深藏
一种生存的姿态。如坚定的信仰
一切都被步伐践踏,包括坚实的时间。对于我
　　只有承担。比天空还重的虚无
用肩膀,用双手,用灵魂。还有比这更
　　重要的歌唱
只有吟唱。才是我们生存的佐证:庄重、
　　艰难、幸福和美丽

我们包含生命的全部;或世界的开始和结束
一根绳子。连接的是无尽的时间
谁在中间打一个结?让生命
与死亡对称。让我们
永无退路:河水无法再流回雪山

倾听。在星光下,我们的声音被喧嚣
淹没;被虚无淹没
被历史和天空埋藏;无边的佛手下
我们寻找不到自身

寂静之中,一切都是幻觉
我们何时存在?何时倾听?
铺好或未铺好的道路;指明或未指明的
　　　方向:等待我们把伤口掩埋;把信仰竖起
带领哲学和诗歌。上升或下沉
我们的足音,将沿一万种方向射去
生命的远景:艰难而稳重;美丽而动人
像高僧捻动佛珠。神色从容淡远
道路的伸展,都是沿时间的方向
从脚下开始。从脚下结束

B

这必定是宿命的:一棵树,一只鸟,一个
声音的进程,犹如我们的思想,一生要
承受多少的重负和鞭打?
　　而我们总感到温暖和苍凉
行走在世界上,在积雪和残光中

时间的废墟,佩戴着我们的荣光
我们是历史,是经典,是宗教
是一切文明和精神大厦的石块
我们行进。跌倒。爬起。奔跑。
　　血液沿着时间流动

成为生命中最好的注释
我们与世界遭遇,互为对手
在斗争中共同倾听
钟声和节奏:最高的秩序
使我们避免灾难,接近
灵魂的高度。一种不朽的意义
是我们无法理喻的
在火焰中面壁;在风尘中哭泣
在钟声中祈祷:我们如此度过一生
并且,透彻地体验:伤口的深度;血液的方向;
　　跋涉的艰辛;幸福的重量
对于我们,比生命本身还重要
这是旅程:双足在河流的途中
在歌唱的途中,它将抵达
一种真理:比河流抵达大海
歌唱抵达灵魂;灵魂抵达思想;还要真实
　　和确切,并且
让时光去检验和锻炼
而这仅仅是过程。一切都会消失
像吹灭那盏灯。光芒
留在人们的想象中,而剩下的
是那盏灯具,正如我们的残骸
只有思想和美德,让后人去温习或传阅

C

在我们的前面或周围。始终存在的
背景。一种庞大的阴影
冷静、莫测。犹如蛰伏于命运深处的
　　洪水和灾难，扼守在我们必经的路口
谁也无法预兆，黑暗何时降临。
仰望之中。我们的双眼含满泪水
当阳光开始变质、腐烂，我们接近
时间的手指。在流亡和放逐中
隐退、消失。像深秋苹果的香味
埋进泥土。而此时响起的颂歌
穿过我们的内心，平静如水
把悲哀和恐惧，一一深藏

我们走向何方？尘土渐渐升高
内心接近梦境和虚无
比时间更大的是黑暗，比黑暗
更大的是死亡，而死亡
刚刚开始。我们只有保持一种姿态
或进入一种状态

像一朵花的凋零。我们要走一段多长的
　　道路。并且在路上回望

炊烟,爱情和幸福?哪一样最值得怀念?
到达之前,要翻越多少的洪水和灾难
灵魂的叶片,才熠熠生辉

水越来越深。只有往前走了
义无反顾:"我不入地狱
谁入?"黑暗之中,肉体的洪音
久久回荡。在我们的头顶,覆盖
生命。灵魂。以及死亡,无边无际的水域
而这一刻。迟早会来临
诞生时已埋下伏笔
当最后一根蜡烛燃尽,轻轻地
我们摘下头颅。像深秋
摘下一枚红苹果,一样平静
便有水,便有月光,将我们的躯体
充盈。慢慢地,灵魂一般丰润
告诉我,还有什么
　　比这更让我们感到幸福和安详

D

一切都会过去,海也不再有了
弃掉躯体和灵魂,我们登陆
时间的远岸,布满永恒的光芒
正如腐烂的果子中发芽的果核

我们的灵魂，长出青苍的叶片
那是谁在歌唱？贯穿我们的一生
无始无终。并且和我们
一起上升。高过上帝的嘴唇
过去和未来；希望和恐惧
地狱和天堂；永恒或瞬间
这一切都隐寓在里面

这是真理的源头
这是时间的起点
这是最后的归宿

这是我们上升的道路

在我们之上，是灵魂
在灵魂之上，是时间
在时间之上，是永恒

在永恒之上，遍布了光

1996/12

世界之上的海

神的灵运行在水面上

一

在寂静之中,便开始了倾听
在漆黑的夜,便开始了仰望

二

海,在我们之上
高过头顶,城堡,乡村和想象
在经卷和钟声之外
在时间的尽头。汪洋恣肆
把我们淹没,把世界的全部或部分
淹没。仅留下耳朵
竖起如岛屿
倾听海妖的歌唱
在海天之间,湛蓝色的歌唱

吹熄那盏灯,谁兀立在礁石之上
谁的目光在水面上飞翔
岁月的风暴呵,把什么留下,把什么卷走
把多少星座,埋进大海?
今夜,海妖的歌声徐徐吹开
大海的胸襟,坦露
贝壳里的珍珠和血迹
谁的手把故事的残篇点燃
照亮死亡,和我们深色的面孔

谁最初走过黑暗的水面
去迎接光,去迎接黎明
并把海,交给我们

我们梦见脚印,浮在水面
聚集苦难的脚印,一串串
如一条条泛白的死鱼
漂过我们含泪的双眼

海,在我们的仰望之中了

三

在我们的上方,海平静地展开

超越生和死的蔚蓝
比阳光灿烂,漂洗我的肉体
在那一瞬间,时间消失了
我回到了从前

鲨鱼驶过,传来遥远的哭声
穿过灵魂的水面
这或许是最初的忏悔
却无法赎清我今世的罪行

海,把我举过头顶
又把我抛弃海面

我守着骨头,如守着渡海的船

四

在蒸发中升高,海水
和先知的光芒融合
在我们的头顶,接近玄秘的时间
把幻觉和虚无,预言和梦境
变为永恒的真实,呈现我们面前

一千只海鸟,穿过光辉的远景
穿过荷马漆黑如夜的双目,穿过

第五辑 存在的见证

人类的苦难和思想,把真理的谣曲
洒遍大海,比时间更深邃的天空

这里,埋藏多少风暴的翅膀
多少谎言和神话?今夜
你使我成为孤独的岛屿
在眺望中逼近你的来路和归途

风暴穿过我的头顶,如空荡的城堡
让时间夺走这一切
包括鱼的欲望,情爱和幸福
在冷酷的歌唱里,我的血
会把黑夜染红,别在大海的胸前
如一朵美丽的红玫瑰

五

海,从这里开始
伸向目光之外的远方
漫无边际,我的手指无法接触
长满海草的前额
让波涛从脚下开始,又从脚下消失

我们屹立不动,在布道的海滩
合十的双掌呵,已被岁月的风声

带到另一个世界
而此时,教堂正好从海中露出尖顶

谁让光芒停留在我们的指尖
什么是生命的真谛,阳光下飞扬的血
比鲨鱼一排排雪白的牙齿
更让我们逼近海底的恐惧
和教堂黝黑的钟声

沿着章鱼的手指,我走向深渊
在一片空虚之中,抚摸大海的形状
犹如在梦里,触摸自己的肋骨
我不知从哪里开始,在哪里结束
漫长的过程,用我这一生
也无法走完,鲨鱼那一排排雪白的牙齿呵

点燃那盏灯,让我看见
海,悬在我们的上方

六

那时,我梦见大海
从我的内心深处升起
一刹那间,海把我们紧握在手里
从此,我们便无法逃离大海

海把我们守望
我们也把大海守望

一根尖利的鱼刺卡住我的喉咙
受伤的,是我和大海
大海的门,被我轻轻推开
为了避难,也为了受难
驾着遍体鳞伤的船
我去寻找方向
苍茫的大海,遗失的不仅仅是方向

沿着海鸥的歌唱
我不断上升
血液开出更灿烂的花朵
盐注满了我的伤口和帆
我依然怀抱梦想

海,在我上方,在我头顶
我依然怀抱梦想

七

死亡是遥远的

与大海相对。在沙滩上

我们弹琴,跳舞,欢唱
湛蓝的海水,把我们照亮
像初生的婴儿
大海,让我们看见了永生

死亡是遥远的

我们怀抱大海,也怀抱
永不陨落的太阳

当船的残骸浮起
我们从谎言中惊醒
死亡的规则,藏在深处
在章鱼的爪,在海妖的歌声里
我看清那条小路
渐渐消失进沙滩上的红树林

海,在远处
歌唱或狞笑

八

在一个被欲望占据的城市
海,常常是最高的星座

黑暗之中,潜伏的闪烁
操纵着我的目光和信仰
海,与一切光辉的远景切合
镀亮我们日渐干涩的思想和灵魂

而我们熟视无睹:浮躁的脸上
泛起无尽的欲望;内心的
肮脏和秽屑,混杂的虚荣
大街上乞讨的手,被奸污的法律
一声比一声凄切的呻吟

在积满尘埃的世界
我们依然行走
丧失家园的步伐,依然
坚定而沉重

海呵,有多少仰望你的人
看见被黑夜掩藏的灯火
洗涤灵魂　掩埋创伤
并且,静静地倾听
今夜,海底发布的暴风雨
将怎样洗劫我们的城市
和遥远的内心

九

海在高处,始终在运动
融合我们全部的生命和思想

血涌出,在盐之外
经历一次次的死亡

海,冲击我们的心脏
我和大海跳舞,进入月光
我的心跳加快
没有什么欲望的悸动
比这样真实　这样令人难忘
我只想说出——

海是苦的,也是甜的
在我流下的
蔚蓝色的泪水里

我又一次感受到永恒

十

我们,跟海一起诞生

我们的血脉连着大海
众神,把我们交给大海
和船一起漂泊

在飓风里,我们认识灾难
比章鱼的爪,更贴近内心

翻越黑夜的波涛,光芒之中
把恐惧溶化,把挽歌溶化
把一只只灌满泪水的螺号
溶化。黎明的大海,没有悲伤——

十万尾座头鲸在歌唱
十万只海鸟在歌唱
十万卷海浪在歌唱

大海,放飞我们的灵魂
长风过处,一只只风干的头颅
铮铮作响

十一

远处的大海,阳光下
透明,宁静,安详,犹如一首

家园的颂歌

有人在那里死去,有人在那里诞生

风把大片的蔚蓝卷起
上升到梦的高度
白色的帆,开在海上
像荷马的诗歌
又一次次超越死亡

阳光进入我们,我们进入大海
大海进入我们的灵魂

我们成为一体。在伤口里养花
在梦里培育果实
我们用骨头支撑大海
像支撑火焰,深蓝色的燃烧

在我们的头顶,大海
悠闲地踱步,怀抱苦难和幸福

1997

大海诗章(节选)

七

海啊,在你深情的眸子里
我赤裸的身躯,如月
纯净,光滑,皎洁
在前世的谣曲中吟唱爱和泪水

我回到了从前
从大海的尽头回来
像穿过黑夜的爱
我的掌上,布满了洁白的光芒

2004/8/7

十六

什么时候,我们到海上跳舞

亲爱的,从月亮上下来吧
带着你白银的忧伤
在这深蓝色的绒布上
双脚旋起热烈的波澜
淹没黑夜、苦难和死亡
在幸福的旋律里。我们看到
天鹅的飞翔,洁白的
翅膀。沾满阳光、露水和花香

2004/8/14

二十

多么壮阔的落日!我看见神秘的内心
让光芒镀亮。黑暗堆积手掌
大海在我的上方。一生要经过
多少个夜晚,才能抵达阳光
这是一场突然袭击。像爱情
为贫穷的内心带来黄金和梦想
即使黑夜最终降临。大海的火焰
点燃血液,犹如暴雨中的歌唱

2004/8/19

三十三

浪花凋谢,留下台风劫掠后的苍凉
浮木与落叶。黑礁石成为墓地最后的
守望者;破船漂过椰林的悲戚
谁会打开湿透的海图?点燃傍晚的灯盏

黑暗围拢过来,这并非偶然
在大海停止之处,一些桨
重新加入波涛的合奏;忧伤的前额
升起启明星的梦想;海螺燃烧着嘴唇

2004/9/2

三十四

海水:最终将蓝色的疼痛覆盖

那一刻,你想到了野兽,或野兽
穿过你空旷的原野奔跑;布满
青苔的手,伸展着;越过死亡

那一刻,古老的岩层灌进了海水
你点燃了火焰,用碎开的船板
当太阳沉没,将月亮举出悲凉的水面

海水：最终将蓝色的疼痛覆盖

泪水或盐巴，让你的双眼刺痛
坍塌的是教堂，而信仰划着十字
沿着血流的方向，你找到回家的小路

海水：最终将蓝色的疼痛覆盖

2004/9/3

三十九

独坐在大海的阴影里，树冠沉默
堆积的寒凉，越来越厚；风吹过
内心的琴弦战栗：蓝色的波澜
秋天来临。蚂蚁搬运粮食
步履沉重而坚毅；阳光收敛
花枝的芬芳，蝴蝶投向谁的心房？
黄昏在头顶缓缓下沉，眉宇间
飒飒的叶片展开：一片荒凉的海滩
爱与梦想，像潮水一去不返
飘散的落叶，击碎你的目光
你的眺望成为永恒的孤岛

2004/9/24

四十三

据报载：目前，已从位于广东省阳江海域的"南海1号"宋代商船上打捞出金、银、铜、铁、瓷类文物4千余件，全是稀世珍宝，估计全部打捞上来有6至8万件。如此大的千年古船世界上还未发现过，在世界航海史上堪称一大奇迹。国家投资1.5亿元在阳江市海陵岛建水下考古博物馆。

　　我们的交谈常常触及大海
　　海底的船骸、宝藏、瓷器的光泽
　　一场灾难将历史包裹进
　　白色的尸布；多少眼泪
　　也无法抵达的深度，结满盐巴
　　当远古的风浪退去，灵魂的光芒
　　从深渊中升起：温暖、灿烂
　　像水手古铜色的手臂，穿过风雨
　　递来遥远的海岸、瑰丽的风景
　　历险或远征，在大海的眼里
　　我们将会看见天堂的倒影

2004/9/29

五十二

黑夜隐蔽着无数条道路
那一条通向大海,通向神秘的
盛满星光的容器:冥思的头颅

它的内心包含着岁月的意义
歌谣的起源,河流的归宿
划过额头的闪电和帆影
以及一个人的沉默

风吹开岩石,我抓住夜的根须
那是通向黎明的道路;只有通过
一个人的内心,才能抵达大海
古老而神秘的容器:高悬头顶

2004/10/16

七十三

心中总有一方神秘的岛屿
它飘忽、沉浮、闪烁
犹如你那不确定的爱,吹气如兰的
嘴唇:打开一支夜玫瑰;打开

海妖的歌唱，我看见里面的
珍珠、黄金、迷魂的吻
怀抱阴影的月亮，陷进昨夜的伤口
抓不住的事物在激情中隐去
我奔跑在水面无穷的阶梯
向往天堂的图景。我的手与岛屿
之间：一段无法逾越的内心黑暗

2005/1/21

八十九

一生要经过多少黑暗
才在那幼小的腹腔里
吐出如此绚丽的花朵？珊瑚
大海的脸孔在海水中显现：
人类一个真实的梦想，被攫住
摆在桌上当饰物；我感到泪水
海水一样冰冷、咸涩
大海的心扉，在我们面前敞开
又关闭；像一个风雪中归来的旅人
我们漠视那行深浅不一的脚印

2005/2/26

九十

在春天,海又回到那棵树下

雪白的喘息吐出涩涩的泪花

穿过浓雾和深黑色的回廊,月亮

又一次将光芒镀亮你的脸庞

一匹浪,一颗驿动的心

你的眺望:在背离与回归之间

没人说海枯石烂;没人说地老天荒

一棵树,一站便成永恒

你听:那簌簌的浅唱,隐含了

多少期盼和忧伤;浪花默默低下了头

2005/2/28

铜鼓，铜鼓
——对铜鼓的 26 种考察方式

　　据报载：2009 年 4 月 13 日，广东省阳江市大八镇四卓河床里出土一面直径 1.42 米、高 0.82 米的铜鼓。鼓面中心是八芒的太阳，周围分布 6 只青蛙铜像，鼓身饰雷纹，是广东省出土的最大铜鼓。铜鼓是古代俚僚民族的神器和伴奏乐器，是施放警报、驱除猛兽、日常娱乐、祭祀、集会联姻、指挥军队不可缺少之物，以高大为财富和权力的象征。阳江自古为俚僚的聚居地，铜鼓的出土对研究俚僚历史文化具有重要意义。

——题记

　　　　不再是我，而又必须是我的
　　　　音调？除它之外，绝无仅有。

——史蒂文斯

A

　　大地按捺不住，内心的秘密
　　一个旋涡

吐出:流水的清音

我看见锈蚀的深渊
悬在头顶,空空荡荡
它统治的世界,剥落

B

那擂鼓的人,千年之后
混迹我们其中
弹钢琴,或街头摆武档

青铜的神色,交给
一张张生动的脸
流传,是制造力量的弧线

C

鬼火缭绕的夜,那诡异的黑影
为香樟和人面树所监视;
一个浩大的声音:陷入寂野

它将沉睡,托付这片大地
仿佛了结此生;其实
更大的破壁,蓄谋已久

D

回忆的炉火,有着难眠之焰
镀红的胸膛、汗渍,混合着
血液、咒语;融化了时间的神秘

……铸造。在青烟里
终归是一个疼痛的词
大地的战栗,从此开始

E

是谁射出的太阳
在目光之上,接近天庭
或事物的靶心

谁又在阴影里,舞动火把
狂歌;用一根鼓槌
表达匍匐的仰望

F

散落在大地深处,青蛙
噙着水稻、玉米、花生的语词

却并不夸饰

甚至优雅,连绵的流水
照亮:夜的暗部
铺展千年的织锦

G

蛰伏的俚人,终日埋首于庄稼
雷的出场,往往是
从干涸的内心开始

我是其中一员,擦净双手的泥巴
合十;额角变幻河床的龟裂
不仅仅是祈祷:命运包裹的潜台词

H

耽于跪拜,太阳的芒刺
穿透瘴雾、葛藤、树叶的骚动
虔诚,不只是态度问题

雷声会扫清道路
虽然来自我们的模拟
集体的幻象,汇聚雨水的清凉

I

第一滴雨,落在谁的鼻尖
大地回应着,以排山倒海之势
我们的王,取代太阳

晕眩,混淆着泪水
尽情伸展;狂奔的蛙群——
收藏着:天空深处的悲悯和伤痛

J

操纵鼓声,环绕着月色
庆典的灯笼,水稻、甘蔗
槟榔编织的舞蹈,坦露——

内心的丰饶:潮水汹涌,人群
回旋着快乐的律法,烧酒的加速度
你的梦,今夜不用零星修饰

K

往往在暗夜,月黑风高的干栏檐角①

异族的飞镖,惊醒

凶猛的鼓点,集结风暴

那高大的身影,模拟了铜鼓

他的喉结里,埋伏着大海

我们是一支支沾满见血封喉②树液的箭

L

更大的交战,在开阔地

被鼓声驱赶的呐喊

比箭镞,更具飓风的威力

还有葛绳缚紧的石块

密集;大海裂开,合拢

时间绾住:一只鼓的缄默

---

① 干栏:岭南潮湿,俚僚民族依树积木,以居其上,谓之干栏。
② 见血封喉:又名箭毒木,分布于云南西双版纳、广西南部、广东西部和海南岛等地,阳江市也有发现。其汁液剧毒,与人的流血伤口接触能使人心脏停跳,溅到人的眼里,眼睛会立即失明。古代少数民族用以涂箭头猎兽和作战,中箭者见血封喉,故得名。

M

你，披着神的威仪
此刻，被请到清水里
洗净尘污；惊诧来自刚毅的轮廓

香火在空气中攀缘
迷离的镜面，倒影：冷峻的神色
高远的天空；并不为艾叶所把握

N

膜拜，是一个动词
却修饰着内心
大海一样奔腾的长句

语词褪色，譬如鼓面
青铜的光泽，依旧镀亮
你的微笑，隐在仓廪统计簿里

O

我不知道，太阳何时升到天顶
也不知道，它只有八芒

与我们的头颅,遥遥相对

我们周围,鼓声震落什么?
山川、草木、陶片、断简……
一部冥思的书:打开内心的风景

P

神示的诗篇,来自阳光
它贯穿了我们的一生
和事物的始终

我怀揣鼓点,深入秋天的澄明
太阳是一匹猛兽,在骨头和肉体之间
锋利的爪,不断攫取我的梦想

Q

鼓面圈起天空
将我们笼罩其中,稼穑
制陶、战争、做爱……逼视死亡

我们囿于同一种命运
古老的法则,空旷的想象
比雨水更深地,楔入我们的存在

R

在风中击鼓,我们承担了
天空的虚无,如黄昏的冰冷
穿过内心的草径

缓慢的,黯淡的神情
野芋叶包裹的疼痛
我凝视着风,如何雕刻自己

S

谁是英雄,在大地上显现
是否擂鼓的第一人?
他缔造了太阳的颂词

身怀绝技,浪迹江湖
用风暴开拓路径,通过他
也许,我们真正抵达了人

T

噢,比现实更残酷的
是内心的焦烤,荒芜的野草

需要一个人,在前面引路

你是命定的选择,集体的
无意识幻象,槌打着
战栗的足音,接近青铜的质地

U

在静夜里,我们倾听
一个涉水而来的声音
凝聚了风暴的阴影

盘旋……在头顶,像深渊
以一种艰深的形式
面壁:雨水滋养的叶片熠熠生辉

V

有些东西是永远无法触及的
譬如这鼓声,在身体之内
或之外;摆动,环绕暗夜

我们被流水席卷着
那根漂浮的稻草,是蚂蚁
爬出逆运,唯一的方式

W

制造鼓声的,其实是
那些优美的弧线
却往往为我们所忽略

正如一个人的脚印
它蓄着日子的荒凉,以及
波涛的虚无,在视野之外

X

鼓将悲哀潜藏,黑色的阴鸷
裸裎:政治的另一面
太阳独据着天空

我们深陷其中,青蛙的巨腹
它吞没影子,或一个人
无法走出自己的影子

Y

鼓,倒扣如大海
咚咚,喏喋的游鱼

有着金属的回声

它在寻找,时间的肋骨
率领大群的梦想
那无法企及的,远远的——乌托邦

Z

从起点到终点,终点到起点
鼓声,一直没有停止脚步
而这样的时刻,迟早会到来

咬着尾巴的蛇,它环绕着
时间的图腾,苦涩的圆
与梦想同构

2009/4/26/22 时

附录

评论家研究资料摘录

　　南方诗歌受水软山温的润泽，多阴柔婉约之作，纤柔细腻，平和秀美，少见黄钟大吕阳刚豪放之调。陈计会的诗，难得之处正是既有南土之韵，又有北地之风，常发黄钟大吕之音，诗风豪放旷达，有阳刚之美，且不粗粝，感觉亦不乏细腻深情。他的诗中常用"青铜"、"祭祀"等意象，无疑而成为阳刚豪迈的推动力。

　　从诗中所展示的世界与现实的关系来看，陈计会诗中的世界是假想型世界，它不是现实世界的叙写和发现，也非想象中虚构的世界，它是概念化的世界，即是由文化符号和哲学符号共同组合成的世界。在这样的世界里，形象是碎片的拼接，凸显的是精神追问和心灵境像，诗人游走于宇宙和历史交织的时空里，关注的是心灵遭遇和精神的向度，这正是先锋诗歌的鲜明特征。因为先锋诗歌与哲学的命题关系十分密切，先锋诗人正是由于意识的超前而导致创作上偏于展露意识流程以致艰奇诡变。陈计会的创作走的是这种路数，当然概莫能外。不论是前期还是后来的创作，哲学意味是他的诗歌的共同特色。譬如他的三首长诗《整个夏天》《我们的城市》《存在》,场景皆是当下城市凡俗生活,但罗经织纬的仍是哲学的思辨,是对灵魂的关注。诗中大量出现的是关于虚无、梦境、黑暗、死亡的探究和追问,是对升华或沉沦、拥有或丧失、天堂或地狱的思考。一直以来,诗人的诗中呈现的身姿,皆是精神的高蹈者,并且总是努力将精神无限放大和升高,当无可再高时,便转而面对受难、死亡、祭祀这样的话题。例如河流、家园这些朴素的具象,通常在南方诗人的笔下代表的是亲情和热爱,是温馨和感恩,但在陈计会笔下却截然不同:

河流悬挂在我们的命运里凝重而生动

我们在钟声弥漫的麦地注视河流穿过自己的肉体和骨头……

大水汤汤。河流的热浪覆盖住土地的呻吟。我们麦穗成熟的家园以及屋顶翔舞的太阳深埋进起伏的潮声。救救我们吧!水面浮升着绝望的手势。泪水流向远方。

(《我们的河流》)

天水苍茫。我们的家园背负沉重的痛楚漂泊。握一把殷实的种粒,感知到操桨的维艰。粮食精壮的血液鼓动我们的手臂作徒劳的伸展。

无可企及彼岸。

(《水域》)

在诗人笔下,村庄、河流以及农事,都是作为文化的符号而存在,它成为受难的对象,是苦难的象征。同样,连绵起伏的山岭在诗人出色的想象力里最终仍被贴上文化标识:"南越王从腥咸的梦中伸出手——/摊开手掌。一部风雨纵横的地方志"(《南蛮地》)。(《倔强的灵魂沿着刀锋行走》是诗集《叩问远方》序言,载《叩问远方》,中国文联出版社,2002 年 3 月;又刊《新世纪文坛报》2002 年 5 月)

——温远辉:评论家、广东省作协第七届副主席、《羊城晚报》副总编

什么时候学会了隐藏伤口,并且
缄口不言,这比难受更令人震颤

很难想象这样的句子出现在一首关于蚂蚁,居然是叫《奔跑》的诗中,除非你也是一只蚂蚁,或一条蚂蚁、一匹蚂蚁、一辆蚂蚁。"在夜的悬崖","一只蚂蚁在攀爬",然后是细长的道路,是"一场大雪或一道洪水"。他还继续写出谁的"阴谋"呢———只在夜崖攀爬的蚂蚁,面对阴谋所带来的大雪或洪水。诗人也许就是蚂蚁,只有蚂蚁才知道怎样面临伤痛或灭顶的灾难。它们已经做出了姿态,它们是"坚韧"的,它们也许比人类更能承载阴谋所带给它们的不幸。然而不幸是它们永生都不能消除的,蚂蚁要在不幸中"坚韧"地"穿过黑夜的岩石/像一辆犁开雨水疾驰而去的小车"。蚂蚁瞬而变为小车,不顾一切,哪怕雨水、哪怕黑暗;蚂蚁竟然如此猛烈,忍受巨大的伤痛与不幸像一辆小车绝尘而去。想象的惊奇令人疼痛。

计会的确是一个观察蚂蚁的好角色,这本《世界之上的海》里,有六首涉及蚂蚁的诗歌,其中四首专为蚂蚁而写。诗人如此情有独钟

陈计会诗选

于蚂蚁，读者不难想象诗人倾注于细小生命、事物的至诚情怀，并以此比照人类的生存以及热爱生命的坚韧意志。他认为观察人生如观察蚂蚁，要以"一种接近伤口的速度"，才能"更接近心脏"，敏锐而坚韧。他说《噢，蚂蚁》，"走在永远的途中"，更是精辟深刻，令人叹服。这是他的祝福，还是他的信念，抑或是他洞察了生命的真谛。什么东西不是永远的呢——不幸、苦难、追求、向上。他又在《黄昏》指出"蚂蚁开辟的道路"，正是蚂蚁消除黑暗而获得光明的幸悦，正是蚂蚁生存的可能与希望，这本就是对人类的现实存照。自然，诗人便是一只同样艰难而无畏前行的蚂蚁。在《大雨初晴的夜晚》，对蚂蚁而言，实际是在一场灾难不幸之后，他与另一只蚂蚁"悲凉的交谈"告诉了我们另一个生命的真相——

> 我看不清它们匆匆逃亡的路径
> 更深的夜色在后面追赶。

他道出了生命运动的规律，生命的意义也正是被"夜色""追赶"的逃亡。"逃亡"是人类、是生命的宿命。"逃亡"所包含的意义十分深广，它至少指出了生命面临灾难与不幸永不妥协，但又必须永伴灾难与不幸。(《与蚂蚁交谈——读陈计会诗集〈世界之上的海〉》，载《世界之上的海》，海风出版社，2005 年 9 月，又刊《新世纪文坛报》)

——东荡子（1962—2013）：杰出诗人

陈计会的诗一般在 14 行左右，诗形显得颇为均衡别致，有的甚至是刻意安排（如《孤独》之中第一行"大地之上，一只瓦瓮贮满雨水和春天的秘密"单独作为一节可能正是为了突出"瓦瓮"的孤独）。他善于凝注于存在的某个瞬间或某个图景深发开去，抒情有一种"思"的品质，诗作在质量上也显得比较均衡。

> 一只蚂蚁行走在秋天之上
> 缓慢地，一种接近伤口的速度
> 被谁久久地注视着
>
> 一片落叶带着某种预兆
> 把言辞隐藏起来，在树林深处
> 只有蚂蚁的这种方式，更接近心脏
> 前世的兄弟，我们默默无言
> 用白色的唾液，把伤口包扎
> 从左到右，从秋到冬
> 树叶慢慢地落下，并且覆盖
>
> 带走所有的泪水，兄弟
> 一个小小的生命，承担了命运的天空
> 秋天便空旷起来，灵魂一般

陈计会这首《蚂蚁》其实是在纪念一个人，命运的天空下，人的生命有时仿若蚂蚁般脆弱，与"蚂蚁"的意象在这里阐释着那个被怀念的"兄弟"。诗人的想象的超拔之处在于他进入了"灵魂"之境，所以"蚂蚁"可以在"秋天之上"，尤其是最后一节，境界极为澄澈高远:"兄弟",你以你的死,"承担了命运的天空",也正因如此,整个秋天如此空旷,仿佛"灵魂"。灵魂到底怎样我们并不知道,这本是抽象之物,以抽象之物来形容惯常的景致,有一种特别的效果。这种个人化的想象和经验使那种怀念弥漫于整个空间,变得更加深切、久远。陈计会的抒情诗冷静、节制,意象独特,《刀子》《期盼》《黄昏》《承担》等诗均值得一读。(《写作的窄门——〈出生地——广东本土青年诗选〉印象》原载《中西诗歌》2007年第1期)

——荣光启:诗评家,武汉大学文学院副教授

陈计会在生存之中明察秋毫,时常有惊人的理性发现。"一个小小的生命/承担了命运的天空"(《蚂蚁》),"簌簌的落叶/覆盖住年轮/但无法覆盖住朝向冬天的伤疤"(《发现》),"一个敢于为黑夜所吞没的人/总有一双洞穿黑夜的眼睛"(《承担》),这些诗句都极为精彩,富有哲性的穿透力。(《广东当代诗歌的青春群像》,载2007年10月互联网"露天吧"论坛)

——张德明:诗评家,岭南师范学院人文学院教授,南方诗歌研究中心主任

陈计会擅长书写爱与美好,那是人之求真求善的体现。在我们惯于写丑恶与阴暗的新诗传统中,对于诗歌中的美与善,似乎是久违了。尤其是在这喧嚣异常的社会中,如何从日常生活里解析出能让我们心灵踏实下来的经验,对于当下的诗人来说,的确是一种挑战。而陈计会就在迎接这种挑战,在他的诗中,我们很少能见到那种普遍的

怨愤与戾气，他并不是刻意回避现实的苦难与无助，寻求"生活在别处"的超然，而是巧妙地将其转换成了纯粹的文字，以消解那种远离文明的蛮荒。（刘波：《以故乡的名义有感而发——关于〈寂静的修辞——阳江现代诗歌11家〉》序言，中国戏剧出版社，2011年1月）

——刘波：诗评家

陈计会的诗大都短小细腻而圆润，具备诗意；思考和音乐一样的流动性，抒情和美学是他的本质。他总能找到一个比较独特的视角，营造出一个立体而生动的形象画面，然后进行深入挖掘。这是对传统诗歌理念的一种继承和演变。他的诗情感和诗语言温性而宽厚，涉及的范围和诗性指向都比较明确。按传统来说，司空图已经列出了二十四种诗意的极致。相对于陈计会的诗来说，沉着、自然、形容、实境、流动等，都已经得到了表现。其中诗味，淡而不薄，浓而不稠，需要以恬淡的心情去细细渗入。（《黄岩文学》2014年第2期诗歌专栏编者语）

——天界：诗人、评论家

《蚂蚁》一诗着重写蚂蚁世代所受的伤害，用自己的唾液和泪水默默包扎伤口，然后为落叶所覆盖。小小族类，遭到漠视固然不幸，即使被"注视"就能说是幸运吗？沉痛之至。（《2005：文学中国》，花城出版社，2006年1月）

——林贤治：诗人、评论家

陈计会诗选

  陈计会的《铜鼓，铜鼓》是一首有着深刻地方文化内涵的长诗，历经反复修改，语言更为凝练。作者围绕着铜鼓这一意象，"思接千载，视通万里"，飞扬想象，将鼓声诉诸视觉、听觉、味觉、感觉，赋予了鼓声以历史、现实、文化的内在力量。（《读诗记：2013年第3期〈十月〉》（2013年5月5日，谷禾新浪博客）

——谷禾：诗人、《十月》诗歌编辑

  铜鼓是一种乐器，更是一种政治、权力与勇气的象征。千百年来，与鼓有关的故事和传说一直在舞台上上演。随着时间的流逝，今天的鼓曲已是娱乐与消遣的工具。但对于一个诗人而言，鼓被赋予了历史的回音。我喜欢这首诗的节奏，每一节似乎都是一个鼓点。其实你不必听懂这声音，我相信，你能感受到生命的律动与时间的轮回。（《铜鼓，铜鼓》获全国鲁藜诗歌奖一等奖的评语，2013年9月）

——红孩：散文家

  我的阅读跟写作一样，以独辟蹊径为乐。诗人东荡子在阅读陈计会2005年出版的诗集《世界之上的海》时发现，微小的"蚂蚁"对于陈计会的意义并不微小，东荡子由此跟随陈计会一起，俯身于低处，"与蚂蚁交谈"……六年后，我读到的仍然是同一本诗集，字里行间那些无所不在的"蚂蚁"固然无法忽略，而那些一而再再而三地出现在诗集中的"夜晚"，也许是偶然，也许不是偶然，总之，它们黏稠地捉住了我的视线,将我一步一步牵引着,进入诗人铺张在夜幕下的孤独又隐秘的思想路径。

诗人是一个固执地站立在夜色中的孩子,夜晚有一个顽固的属性,就是黑暗。隔着近视眼镜,伫立在离海很近的窗户前,诗人以一种沉思者的姿态,眺望着黑暗。灯光将一个单薄、消瘦、坚忍、不屈的身影,印在了墙壁上——这使我想起另一个身影,也戴着近视镜,也是一个文弱书生,出于对真理的热爱,他举起锋利无比的文字的匕首,用超越他体能无数倍的勇力,刺入了时代黑夜的心脏,他的名字叫遇罗克,他以唤醒自由的生命意志为己任,却被强权以暴力的形式中断在二十七岁……我无意在陈计会和遇罗克之间寻找更多共同点,不过我的确认为,这两个不同时代的青年存在着一点神似之处,就是拥有独立思考的能力。陈计会的诗歌之树,常常在夜晚萌芽、生长和成熟,枝杈上既悬挂梦想的星月、虫鸣和晚风这些温柔可亲的元素,以及"树叶背后两片春蚕的接吻";同时也包括雷雨、闪电、台风这些无可遏制的沸腾着率性和破坏力的大自然因子,也包括暗角里被风尘浸染的花瓣的面庞,和城市肿胀的腹部污浊的刺青,这些看上去难以治愈的现实世界的暗伤……

> 寒夜里怆然坐起
> 透过疯长的草叶
> 我惊讶于月亮内心的黑暗
>   ——2002年:《觉悟》

读到这样的诗句,我惊讶于陈计会对于黑暗本质的敏锐透析和内在的反省力。使我尤为称许的是,习惯在黑夜中沉思的陈计会对于《灯光》的信赖和追随——

> 灯光是唯一的,在这样的夜晚
> 黑暗在我的上方,像一个整体
> ……
> 灯光是唯一的,在这样的夜晚
> 我紧紧地抓住上升的光芒
> ……

在《大雨初晴的夜晚》一诗中,陈计会写到了被命运追赶的"两只蚂蚁悲凉的交谈",写到了"洪水中下沉的土地和崩溃的树叶",可以想象,诗人的心情在这个停电的夜晚是多么焦虑,多么澎湃起伏,多么动荡不安,他急切地需要寻找到一个突破口——

> 当愤怒被激起时,黑夜并不是借口
> 血液流动的声音比雨水的声音更强大
> 在闪电停止之处,我看见
> 被双手举起的大地,和青草一起上升

这些来源于夜晚却透露出叛逆感和向光性的诗句,在诗集中每每乍现,都使人眼前一亮,心头发热。无论是头顶上被黑暗包围的灯盏,还是被雨水狂风冲刷过的疮痍的大地,它们都积极而乐观地找到了拒绝沉沦的理由,"光明会将一切被黑暗掠夺的找回来",我仍然会"摊开手掌,看月亮在里面跳舞"……

附录　评论家研究资料摘录

　　当我在诗集的尽头读到陈计会的同名组诗《世界之上的海》时,心中庄严地升起了一轮浑圆的久违的明月。曾几何时,"崇高"变身为反讽的道具、"虚伪"的别称,但高于世界水平线之上的"海",它需要被"仰望"——

>　　在寂静之中,便开始了倾听
>　　在漆黑的夜,便开始了仰望
>　　……
>　　在冷酷的歌唱里,我的血
>　　会把黑夜染红,别在大海的胸前
>
>　　如一朵美丽的红玫瑰
>　　……
>　　点燃那盏灯,让我看见
>　　海,悬在我们的上方
>　　……
>　　翻越黑夜的波涛,光芒之中
>　　把恐惧溶化,把挽歌溶化
>　　把一只灌满泪水的螺号
>　　溶化。黎明的大海,没有悲伤——
>　　十万尾座头鲸在歌唱
>　　十万只海鸟在歌唱
>　　十万卷海浪在歌唱
>　　大海,放飞我们的灵魂
>　　长风过处,一只只风干的头颅

陈计会诗选

  铮铮作响
  ……

  听，铮铮作响的，是骨头，更是骨气，是挂在海神额头之上的一排排青铜的风铃——也许，就是因为这一个个厚重深刻的"夜晚"，陈计会的诗歌流露出独特的思想气质、孤愤的批判锋芒和孤注一掷的力度，它使大海中那些轻浮的鸟粪纷纷坠落。
  东荡子发现陈计会有6首之多的诗歌涉及"蚂蚁"，而据我统计，这本诗集的65首（组）诗之中，竟有超过20首专门写到或涉及"夜晚"……夜晚的莅临，加速了我们对灯盏的渴望以及对月亮的联想。（《黑夜、灯盏以及青铜的品质——阅读陈计会》，载《蓝鲨》诗刊2011年第1期）

——陈娃：青年作家、评论家

  把陈计会定位于彻底的抒情歌手，我怀疑还是轻了些，事实上，在"彻底"的前面再加上"纯粹而"三字，似乎更应该是这位青年诗人的写照，而一切来源于计会诗歌所呈现的质感，她们确实在阅读者的眼球之中蔓延着一种浪漫的气息，当然与之对应的便是一种美感的悠然而生。在一个不需要抒情而叙述诗歌大行其道的时代，这似乎成了一种"反叛"。而我更想说的是，这恰恰是一种诗歌品质的坚持和还原，甚至可以说，这才是诗歌本来的面目。抒情真实地对应了诗人心灵深处的吟唱，对世界对人生袒露出的美好意愿和祝愿。在《叩问远方》中，计会的抒情是绵长而张扬的，我所说的这种情况除了其对于所抒情的事与物的深情表达外，如用作诗集名称的《叩问远方》一诗，既可以理解为诗人对于爱情的深情召唤,也可以理解为诗人对心目中如情人一样的诗神的切切叩问:悠远的夜风越过爱和恨的栅栏吹开天堂的大门。/足音呵,在彻夜不熄的烛光中叩问远方。/今夜,伊人会站在爱的城堡或天堂的门槛吹响招魂的紫箫吗?又如《岁月》《五月艾》等,都是这方面情感下的产物;还体现在一种写作特色上,事实上,在这个集子里,大多数诗歌都采用一种散文化的写法,这对于抒情诗人而言,又是一个考验,因为他还要注意竭力避免诗句的平庸化,即首先要拒绝一种口语化或简单化的冗长叙述,而倾向于把诗句做到相对的节制和诗意化,把诗句变作语言的质感和张力,其中修辞的辅助是必要的。这个过程无疑也是刻意的,但恰恰体现了一种创作态度的严谨,因为当其表现出来的时候总希望消解这个人为的痕迹。计会在这方面的处理相当成熟,以至于一首诗有可能成了一种习技术元素"大全"的多元化样式。

从另一个角度而言,固定一种的表达方式又可能是一种创作的缺陷,陈计会显然不想局限于单一方式的写作和情感出口的宣泄,于是在《世界之上的海》这本新作中,写作特色的变化即便是从外观上看来也是非常明显的,大部分的诗作都采用了短句式。读完这本诗集,有个瞬间我居然涌起一个错觉:在计会沉默而老实的面容上出现了一丝狡黠而自信的微笑。事实上,我想说的是,作为一个成熟的诗人,计会对于自己的诗歌确实在"苦心经营",或许他经常考虑的一个问题就是"下一首"和"下一本"的呈现和出场,他希望每一次"演出"都是那么完美。

《我奇异,我是一棵树》:我奇异,我是一棵树/在喧嚣的大街上/仿佛置身于千里之外的旷野/风从我的面颊吹过,树叶沙沙/并且散落四周/逐渐变褐,逐渐枯萎/我只听从一块铁的召唤/它在风中呜呜作响/阳光走过霜降的大地/它告诉我,譬如一枚落叶的腐烂/最早也是从内心开始的。

　　这样的诗歌，抒情依然是主旋律，只是这种抒情已变得相对内敛，事实上，这对应了现代诗歌对于情感处理隐性的一面，但其效果则是一种抒情的强化，用简约的文字表达更多的意韵内涵。当然抒情已经不是一种直接表现，而是一种技巧型的东西，一种辅助（描绘环境、渲染气氛等），甚至具有黏合剂的意义，连接和修复诗句的粗糙之处，这才是最主要的，无疑也是现代诗写作的一个难度，检阅诗人对语言的把握程度及其审美倾向与审美高度，考验着诗人的写作心智，让技能与情感在诗歌中恰到好处地表露，以此构建出一种阅读的节奏感和抒情与思考的氛围，这才是真正的张力发放，这时的抒情"镶嵌"在了诗句当中，像诗身上的一部分，不可或缺的一部分。以至最后它勾画的自然规律道出了一种人生的哲理、境界和告诫：在喧嚣的现实中保持一份冷静和清醒，使自己与内心不至于像一片落叶一样腐烂。这时抒情的进行既成了理性的铺垫和营造手段，又维护了现代诗的身份和气质，抒情也就从作用变为了反作用而成为一种必需的事情。这样的诗歌在《世界之上的海》里占的比例还不少，如《远眺》《发现》等。陈计会要把抒情做成现代诗的标签吗？可以肯定，他又完成了一次抒情的倾心和舒心演出。

　　其实，在与陈计会多次的诗歌交流中，他都会提及抒情对于诗歌的重要性，无疑，他也在竭力遵守自己内心一贯的创作信条，在一个各种写作"主义"盛行与流行跟风的年代，这无疑还代表了一种写作的立场。我有理由作出这样的猜测：他一直在努力使自己成为"现代诗歌的"，或者现代诗歌。（《陈计会：诗歌品质的坚持和还原》原载2007年《新世纪文坛报》）

——黄昌成：诗人、评论家